头发很像，画作中美杜莎的头发总是一团盘绕纠缠的蛇。

我看到紧急救援站外的黄色危险旗标上印着美杜莎的卡通形象，她长着尖尖的獠牙，有一双疯狂的眼睛。

"当美杜莎旗飘扬时最好不要游泳，不过实际情况由你自行判断。"

他用浸泡在加热过的海水里的棉球轻拍我的伤口，然后让我填写一张类似申请书的表格。表格上登记了所有当天在海滩被蜇伤的人的信息。我需要填写姓名、年龄、职业和国籍。对于一个手臂起水泡、灼痛难忍的人来说，要填的这些信息也太多了。他解释说，他不得不让我这么做，才能在处于经济衰退期的西班牙继续把这家救援站开下去。如果游客都不使用这项服务，他就失业了。显然他很喜欢水母，水母给他带来收入，让他填饱肚子，还能给摩托车加油。

盯着表格，我发现海滩上被水母蜇伤的人的年龄从七岁到七十四岁不等，他们大多来自西班牙各地，也有一些来自英国和意大利的的里雅斯特（Trieste）。我一直很想去的里雅斯特，因为它的发音很像 tristesse，一个令人感到轻松的词，即便它在法语里的意思是"悲伤"。它在西班牙语里对应的词是 tristeza，比法语"悲伤"的感情色彩还要凝重，就像"呻吟"之于"耳语"。

游泳时我并没有看见水母，但救援站的学生解释说水母的触角很长，可以从远处发起攻击。他用食指蘸着药膏，涂抹在我胳膊的伤口上。他似乎对水母十分了解。水母通体透明，全身的百分之九十五都是水，所以它们伪装自己很容易。而且，人类对鱼的过度捕捞也是全世界的海洋里有那么多水母的原因之一。眼下最主要的是保证我没有摩擦或抓挠伤口。因为手臂上可能还残留有水母刺细胞，摩擦伤口会导致它们释放更多的毒液，不过他的特制药膏可以降低刺细胞的活性。他说话的时候，我看着他柔软的粉色双唇在胡须间如水母一般游动。他递给我一根铅笔，让我填写表格。

姓名：索菲亚·帕帕斯特吉亚迪斯
年龄：25 岁
国籍：英国
职业：

水母又不会在意我的职业，填它有什么用呢？这是个尖锐的问题，比我的伤口还蜇人，比没人能说出或拼出我的姓氏还成问题。我告诉他，我有个人类学学位，但眼下暂时在伦敦西部的一个咖啡馆工作，这个咖啡馆的名字就叫咖啡屋，里面有免费 Wi-Fi，还有翻新过的教堂长椅。我们在那里烤店里的豆子，还开发出三种手工浓缩咖啡。所以我真不知道"职业"后面该填什么。

他扯了扯他的胡须。

"你们人类学家研究原始人吗？"

"研究，不过我唯一研究过的原始人就是我自己。"

突然，我对英国那些温和而潮湿的公园泛起了丝丝乡愁。我想伸展我的原始之身，平躺在绿油油的草地上，草叶间没有漂游的水母。阿尔梅里亚没有绿草地，除了高尔夫球场。满是尘土的贫瘠山脉干燥炎热，意大利式西部片都在这里取景，甚至有一部的主演是克林特·伊斯特伍德①。真正的西部牛仔一定有着开裂的嘴唇，因为我的嘴唇被太阳一直照射的话就会裂开，每天都得涂润唇膏。或许牛仔们用的是动物油脂？他们仰望天空、凝视无边宇宙时，会想念那些缺席的亲吻和爱抚吗？有时我盯着破碎的屏保，看着上面的星系银河，烦恼就消失在宇宙空间的神秘之中。他们也会和我一样吗？

这个学生的人类学知识似乎和水母知识一样渊博。他想趁我在西班牙的时候向我传达一个关于"原创田野调查"的想法。

"你见过那些遍布阿尔梅里亚土地的白色塑料建筑吗？"

我见过那些幽灵般的白色塑料。目之所及，平原山谷上都有它们的身影。

---

① 克林特·伊斯特伍德（Clint Eastwood，1930— ），美国知名演员、导演、制片人、作曲家，美国影坛极受欢迎的硬汉明星之一，代表作有《荒野大镖客》《黄昏双镖客》《黄金三镖客》等。

"它们是温室，"他说，"沙漠中这些农场里的温度可升至四十五摄氏度。他们雇用非法移民采摘提供给超市的番茄和辣椒，但这或多或少算是一种奴役。"

我也这么认为。任何被掩盖的东西都是有趣的，被掩盖的东西之下一定有些什么别的东西。小时候我总是用手捂住脸，以为这样就没人知道我在。但之后我发现捂住脸更容易暴露自己，因为每个人都好奇一开始我想要隐藏的是什么。

他看看我表格上的姓氏，又看看自己的左手拇指，弯了弯，似乎在检查关节还能不能动。

"你是希腊人，对吧？"

他看起来心不在焉，这令我心绪不宁，事实上他一直没拿正眼看我。我重复了以往的回答——我的父亲是希腊人，母亲是英国人，我出生在英国。

"希腊是一个比西班牙还小的国家，但它无力支付自己的账单。美梦结束了。"

我问他是不是指经济，他说是。他正在格拉纳达大学的哲学院攻读硕士学位，能在紧急救援站找到一份暑期工，他觉得很幸运。如果毕业后咖啡屋还在招人，他可能会去伦敦试试。他不知道自己为什么会说"美梦结束了"，因为他并不相信这个说法，也许他在什么地方读到过这句话，就记住了。诸如"美梦结束了"的短语不会是他自己的观点。首先，谁是做梦的人？现在他能想到的唯一一个公众梦想就是马丁·路德·金的演讲《我有一个梦想》。但"美梦结束了"意味着它曾开始过，现在却结束了。只有做梦的人能说梦已经结束了，别人是不能代替他们说这句话的。

接着他用希腊语对我说了一句完整的话，当我告诉他我不懂希腊语时，他显得很吃惊。

我姓帕帕斯特吉亚迪斯，却不会说我父亲的语言，这也一直令我尴尬。

"我母亲是英国人。"

"这样，"他用流利的英语回答，"我只去过一次希腊的斯基亚索斯岛，但也学会了几个短语。"

听上去他好像在委婉地讽刺我，我太不像个希腊人了。在我五岁时父亲就抛弃了母亲，母亲是英国人，对我说得最多的也是英语。不过这和他又有什么关系呢？不管怎样，他只用关心水母蜇伤就好。

"我在广场见过你和你母亲。"

"哦。"

"她走路有问题？"

"露丝有时能好好走路，有时不行。"

"你母亲的名字叫露丝？"

"是的。"

"你就直呼其名？"

"是啊。"

"你不叫她妈妈？"

"不。"

救援站角落里的小冰箱嗡嗡作响，它冷冰冰地站在那里，仿佛死了一般，又尚存一丝脉搏。我在想冰箱里面是不是有很多瓶水？苏打水，纯净水。[①] 为了让母亲喝上合她心意的水，我总是想尽办法。

这个学生看了看他的手表。"被蜇伤的人都必须在这里待够五分钟。这样我才能知道你是否有心脏不适或者其他反应。"

他又指了指表格上我空着的"职业"一栏。

可能是蜇伤的刺痛造成的，但我意识到自己正在向他讲述我那可悲生活的浓缩版本。"当务之急，我要的不是一份工作，而是照顾我的母亲，露丝。"

我说话时，他的手指顺着他的大腿滑到小腿上。

"我们来西班牙是为了到戈麦斯诊所看病，查清楚她的腿到底怎么了。我们预约的初诊在三天后。"

"你母亲患有肢体麻痹？"

"不清楚。这病有些奇怪，已经有一阵子了。"

他开始打开裹着一块白面包的保鲜膜。我还以为这是蜇伤治疗的第二部分，结果只是他最喜欢的午餐——花生黄油

---

① 此处原文为西班牙语。

三明治。他咬了一小口，咀嚼时黑亮黑亮的胡须也跟着四处移动。显然他知道戈麦斯诊所，这个诊所的口碑很好。他也认识租给我们海滩上那间狭小的长方形公寓的女房东。我们之所以选那里，是因为它没有楼梯。所有的东西都在一楼，两个卧室紧挨着，就在厨房旁边。公寓离中心广场很近，周围是咖啡馆和超市。附近还有一所潜水学校——一栋白色立方体建筑，上下两层，窗户做成舷窗样式，接待区正在粉刷中，两个墨西哥人每天早晨带着巨大的白色油漆罐开工。学校屋顶露台上，一条瘦骨伶仃的德国牧羊犬被人用链条拴在一根铁栏杆上，整日哀嚎。狗的主人叫巴勃罗，他是潜水学校的校长，却成天泡在网上玩一个名叫"无限潜水"的游戏。这条疯狗扯着它的链条，经常试图跳下屋顶。

"没人喜欢巴勃罗，"这个学生认同地说道，"他是那种能把一只鸡生生撕开的人。"

"那对人类学田野调查来说是一个不错的主题。"我说道。

"什么主题？"

"没人喜欢巴勃罗的原因。"

学生竖起三根手指头。我想他的意思是要我在救援站小屋里再待三分钟。

早上，潜水学校的男教员会指导学员如何穿潜水服。那条狗一直被拴着的事实令他们不安，但他们不得不继续手头的事情。第二项任务是用漏斗将汽油灌入塑料箱子，再把箱子推到一个电动设备上，穿过沙滩将它运上轮船。跟瑞典按摩师英格玛的工作相比，这显然更加复杂。英格玛会在他们加油的时候支起帐篷，他给按摩床的床腿绑上乒乓球，从而使按摩床能在沙滩上滑行。他私下和我抱怨过巴勃罗的狗，听上去好像因为我碰巧住在学校附近，就自动成了那条可怜的牧羊犬的共同持有人。英格玛的客人根本无法放松身心，因为在整个香薰按摩的过程中，那条狗不停哀嚎，还试图自杀。

救援站的学生问我能否正常呼吸。

我开始琢磨他是不是想让我留在这里。

他竖起一根指头。"你还得和我在这多待一分钟，然后我会再问你一遍感觉怎样。"

我想让生活更有意义。

我常常觉得自己很失败，但是我宁愿在咖啡屋打工，也不愿意被雇去做研究，研究为什么客户喜欢这个洗衣机而不是另一个。我的大多数同窗都成了企业里的人类学家。如果民族志意味着书写文化，那么市场调研也是一种文化（人们在哪里生活，他们的居住环境如何，洗衣服的任务在群体成员间如何分配）。但这终究只是为了卖洗衣机。我不确定自己是不是更想做原始的田野调查，譬如躺在吊床上观察神圣的水牛在树荫下安静地吃草。

当我说"没人喜欢巴勃罗的原因"是一个好的调研主题

时，我并不是在开玩笑。

于我而言，美梦已经结束了。我的美梦开始于我收拾好行李离家去上大学的那个秋天，我把跛脚的母亲独自留在伦敦东部的自家花园里摘梨。我以一等的成绩拿到了本科学位。美梦仍在继续，我又攻读了硕士学位。直到母亲生病，我的美梦就此破灭，我放弃了博士学位。那篇我未能完成的博士论文就像一场无人问责的自杀，潜伏在我破碎屏幕后的数据文件里。

是的，有些东西确实在变大（比如我生活迷失方向的程度），但那并不是应当变大的东西。咖啡屋的饼干变大了（和我的脑袋一样大），收据变大了（上面信息太多，简直成了调查问卷），以及我的大腿变粗了（吃三明治和糕点的后果）。我的银行存款变少了，百香果也变小了。（尽管石榴变大了，空气污染变严重了，一周五晚都睡在咖啡屋楼上的仓库让我的羞耻感也更重了。）在伦敦，大多数夜晚我都倒在一张儿童单人床上昏昏睡去，从没能为上班迟到找过借口。我工作中最可怕的部分就是替顾客整理好他们的旅行无线鼠标和充电器。他们前往某个地方时，我在忙着收拾他们的杯子，给奶酪蛋糕写标签。

我跺了跺脚，想让自己的注意力从胳膊的抽痛上转移。然后，我发现自己的比基尼挂脖上衣的带子断了，我的乳房裸露在外，随着我跺脚的动作上下跳动。带子一定是我游泳

11

时断掉的，也就是说我奔跑着穿过沙滩来到救援站的这一路上，我的上身一直裸露着。这也许就解释了为什么那个学生在和我说话时眼睛不知道该看向哪里。我转身背对着他，抬手处理比基尼带子。

"你感觉怎样？"

"我还好。"

"你可以走了。"

当我转身时，他的眼睛飞快地掠过我刚遮住的胸部。

"你还没填'职业'。"

我拿起笔，写上**服务员**。

母亲让我洗洗她那条印有向日葵图案的黄色连衣裙，她去戈麦斯诊所初诊时想穿。我乐意效劳。我喜欢手洗衣服，然后把它们挂在阳光下晒干。被蜇伤的灼痛感又开始发作，尽管学生已经在伤处涂满了药膏。我的脸也变得灼热起来，我想可能是因为填写表格上的"职业"太困难了。被水母蜇刺的伤口似乎在逐渐释放潜伏于我体内的毒液。周一，母亲会把她的症状向医生一一说明，这些症状就像各式各样的神秘小点心，而我便是那个负责端着托盘的人。

她来了。这个美丽的希腊女孩身穿比基尼，正穿过沙滩。一片阴影笼罩在她和我的身体之间。有时她在沙子里拖着脚走路。没人帮她往背上擦防晒霜，她也没法说："涂这里，不，对，就是那里。"

戈麦斯医生

为了治病，我们开始了长途跋涉。带我们去戈麦斯诊所的出租车司机无法体会到我们有多么紧张，当下的关头又有多重要。

治疗母亲腿病的新篇章开始了，我们来到了西班牙南部的半沙漠地区。

这可不是一件小事。为了支付戈麦斯诊所的治疗费，我们不得不再次抵押了露丝的房子。治疗费一共两万五千欧元，我从记事起就一直在研究母亲的症状，这一次的治疗可算得上是一笔庞大的费用。

二十五岁的我有二十年的时间都在进行着自己的调查。也许还要更久。四岁时我问母亲头疼是什么意思。她告诉我头疼就像脑袋里有扇门砰的一声关上了。后来我成了一个优秀的读心者，她的脑袋就像是我的脑袋。那脑袋里总是有很多扇门砰砰地关上，而我是主要目击者。

倘若我把自己看作一个虽然不太情愿却仍渴求正义的侦探，那她的疾病岂不是一个悬而未破的案子？若果真如此，那么谁是罪犯，谁又是受害者呢？努力尝试去破译她的疼痛以及触发这些疼痛的因素，对于一个人类学家而言，是一种很好的训练。有好几次我以为自己即将获得启示，揭露真相，却换来又一次的挫败，露丝又会表现出一种全新的神秘症状，医生也给她开了一种全新的神秘药方。英国的医生最近给她的脚开的药是抗抑郁的。她告诉我，那些药可以用来治疗脚上的神经末梢。

诊所距离卡沃内拉斯小镇不远，这座小镇因为水泥工厂而出名，开车要三十分钟。母亲和我坐在出租车后排冷得直哆嗦，车上的空调把沙漠的炎热切换成了俄罗斯的寒冬。司机告诉我们卡沃内拉斯的意思是煤仓，这里的山脉曾被一片森林覆盖，人们为了采煤把树木都砍光了。为了用火炉取暖，所有的一切都被剥夺殆尽。

我问他介不介意把空调温度调高点。

他坚持说空调是自动的，不受他控制，不过他可以告诉我们，去哪里能找到水质清澈的沙滩。

"最好的沙滩是 Playa de Los Muertos，意为'死者海滩'。它在离小镇五公里远的南边。你们得沿着山路往下走二十分钟，因为没有马路通向那里。"

露丝身体前倾，拍了拍他的肩膀。"我们来这里是因为我有骨病，不能走路。"她冲着反光镜上挂着的塑料念珠皱了皱眉头。露丝是一名忠诚的无神论者，自从我父亲改变宗教信仰之后，她的立场也变得愈发坚定。

车内极寒的空气将她的嘴唇冻得发青。"说起那个死者海滩，"她哆嗦着说，"我还没去过那儿，不过我明白在清澈的海水里游泳比在地狱般的火炉里烘烤要吸引人多了，世界上的树木也不会因此被砍伐，每一座山也不会因采煤而被掏空。"

她的约克郡口音突然变得很明显，每当她沉浸在争论中时便会这样。

司机的注意力却集中在停在方向盘上的一只苍蝇身上。"或许你们需要订我的车返程？"

"这取决于你车里的温度。"

出租车里变得暖和了，她那被冻青的薄嘴唇略微张开，露出一个类似于微笑的表情。

我们不再被困在俄罗斯或者瑞典的寒冬里。

我打开了窗户。山谷被覆盖在白色的塑料里，就和救援站的学生描述的一样。如干枯皮肤般荒凉的农场吞噬着这片土地。热风吹起我的头发，挡住了眼睛，露丝把她的头靠在我的肩膀上，那里因为被水母蜇伤还隐隐刺痛。我不敢换个感觉没那么疼的姿势，因为我知道她心里害怕，所以我必须装作自己不疼的样子。她没有可以祈求宽恕或好运的上帝。

事实上，比起上帝，她更依赖人性的善良和止痛药。

司机开车驶入戈麦斯诊所的庭院，庭院四周环绕着棕榈树。我们瞥见了介绍手册里描述的花园，一个"微型绿洲、生态胜地"。两只野生鸽子卧在合欢树下，蜷缩在彼此的羽翼下。

诊所坐落在一座枯焦的山里，是一栋砌着奶油色大理石外墙的穹顶建筑，看上去宛如一个倒置的巨大茶杯。我在谷歌上对着它研究了无数次，可网页还是无法传达身临其境时感受到的那份静谧和安宁。诊所的入口是全玻璃结构，和外墙构成鲜明对比。穹顶周围种植着茂密的荆棘灌木和低矮缠结的银色仙人掌，灌木盛开着紫色的小花。沙砾铺成的入口处直通庭院，出租车一路通行，最后停在一辆小型的专线巴士的旁边。

下车后，我和露丝花了十四分钟走到玻璃门处。它们似乎已预料到我们的到来，静静地保持着半掩的状态，无须我们请求就满足了我们入内的愿望。

我凝视着山脚下蔚蓝的地中海，内心一片平静。

当前台叫到帕帕斯特吉亚迪斯夫人的名字时，我挽着露丝的胳膊，在大理石地板上蹒跚着过去。是的，我们一起蹒跚而行。二十五岁的我，为了和母亲保持同步，只能和她一起慢慢走着。我的腿就是她的腿，我们一起找到一个一致的步调愉快前进。正如大人带着刚从爬行进阶到行走的孩子一

17

起行走一样，当父母需要一条胳膊来倚靠时，成年的子女也会和他们一起这样走下去。今天的早些时候，我母亲独自去超市给自己买了些发夹。她甚至都没有带上一根可倚靠的拐杖，不过对此我也不愿再去想什么。

诊所的接待员给我指路，我见到了一位等候在轮椅旁的护士。把露丝交给别人让我松了一口气，我跟在护士身后，欣赏她推着轮椅、摇摆臀部的样子。她的长发富有光泽，上面系着一根白色的缎带。这完全是另一种风格的步伐，全然没有痛苦，没有对亲人的依附，也没有妥协。她走过闪闪发光的大理石走廊时，脚上那双灰色羊皮高跟鞋发出鸡蛋壳破裂般的声音。走到一扇门前，她停住了，敲门后等在外面，"戈麦斯先生"这几个字用金色颜料写在一块抛光的木制名牌上。

她的指甲上涂了一层深红的指甲油，光泽艳丽。

我们离开家，不远万里，最终到达这个弯曲的走廊，琥珀色的纹理在大理石墙壁上穿行，这既是一次朝圣之旅，也是我们最后的机会。多年来，英国一众医学专家在黑暗中摸索寻求一个诊断结论，却迷惑不解，无奈离去。这是最后的旅程，我相信母亲也清楚这一点。这时我们听见一个男子用西班牙语说了些什么。护士推开厚重的大门，点头示意我推着露丝进屋，好像在说，现在她归你负责了。

戈麦斯医生是我连续几个月仔细搜寻找到的著名外科医

生。他看上去六十岁出头，几乎满头银发，不过，他的脑袋左侧有一撮头发是纯白色的，十分显眼。他穿着一身细条纹西装，双手晒得黝黑，一双蓝色的眼睛透露着敏锐。

"谢谢你，阳光护士。"他对护士说道。好像对于一个杰出的肌肉骨骼疾病专家来说，用天气命名他的员工是再正常不过的。她依然开着门，思绪好像已经漫游至内华达山脉。

他提高了嗓门，用西班牙语重复道："谢谢你，阳光护士。"

这次她关上了门。我听到她的鞋跟在大理石地板上发出的敲击声，起初还算平稳，后来突然变快。她跑了起来。那鞋跟的回声在她离开房间后仍然长久回荡在我的脑海里。

戈麦斯医生说着一口带美国口音的英语。

"请坐。有什么需要帮忙的？"

露丝看上去有些困惑。"呃，那其实是我想让你告诉我的。"

戈麦斯医生笑起来的时候，会露出两颗镶金的门牙。这让我想起自己攻读人类学学位第一年时研究的男性人类头骨上的牙齿，我们的任务是推断他的饮食规律。那些牙齿上满是龋洞，大概是咀嚼坚硬谷物造成的。通过对头骨的进一步详细检查，我发现一个较大的牙洞里塞着一小块亚麻布。亚麻布在香柏油里浸过，能够减轻疼痛，防止感染。

戈麦斯医生的语气忽而平易近人，忽而又严肃正式。"我一直在看你的信息，帕帕斯特吉亚迪斯夫人。你做了好些年的图书管理员？"

"对，我因为身体不好提前退休了。"

"你愿意暂停工作吗？"

"是的。"

"所以，你不是因为身体原因才退休的？"

"多种原因的综合吧。"

"我知道了。"他看起来没有不耐烦，也没有表现出特别的兴趣。

"我的工作内容是给书籍编写索引，并登记分类。"她说。

他点点头，转头盯着电脑屏幕。当我们等待他的回应时，我趁机环顾了一下诊疗室四周。这里布置简单，一个洗手台，一张带轮子的升降床，床的不远处摆放着一盏银色的台灯。

他的桌子后面是一个书橱，里面摆满了皮面装订的图书。然后我发现有个什么东西正在看着我。它的眼睛明亮而神秘。在墙中间的一个储物架上放着一个玻璃盒子，一只被制成标本的灰色猴子蜷缩在里面，向它的人类兄弟姐妹投去永恒而冰冷的凝望。

"帕帕斯特吉亚迪斯夫人，你的名字是露丝。"

"是的。"

他毫不费力地念出帕帕斯特吉亚迪斯这个名字，就好像念的是琼·史密斯一样。

"我可以叫你露丝吗？"

"当然可以，毕竟这就是我的名字嘛。我女儿就叫我露丝，没什么理由你不能这么叫我。"

戈麦斯医生对我笑了笑。"你叫你母亲露丝？"

这是三天里我第二次被问到这个问题了。

"是的。"我迅速回答道，似乎这个问题毫不重要。"能问问该如何称呼您吗，戈麦斯医生？"

"当然可以。我是一名医疗顾问，所以我是戈麦斯医生。不过，这个称呼太过正式了，你们叫我戈麦斯也没关系。"

"知道这一点很有用。"我母亲抬起胳膊，确认她发髻上的发夹是否还在那里。

"帕帕斯特吉亚迪斯夫人，你才六十四岁？"

"六十四岁，风烛残年了。"

难道他忘记自己已经得到允许，可以直呼新病人的名字？

"所以，你三十九岁的时候生了你女儿？"

露丝咳嗽起来，仿佛是为了清一清喉咙，然后点点头，又咳起来。戈麦斯也开始咳嗽，接着他也清了清喉咙，用手指捋了捋他那一撮白发。露丝挪了挪她的右腿，叹了口气。戈麦斯挪了挪他的左腿，也叹了口气。

我不确定他是否在模仿她或者取笑她。如果他们是在用咳嗽和叹息的方式交谈，那他们是不是很懂对方的心思呢？

"欢迎你来到我的诊所，露丝。"

他伸出手，我的母亲身体前倾，似乎要去回握他的手，但突然又停住了。他的手悬在空中。显然他们的无声交流没有得到她的信任。

"索菲亚，给我一张纸巾。"她说。

我递给她一张纸巾，然后代表我母亲和戈麦斯医生握了握手。我的胳膊就是她的胳膊。

"你就是帕帕斯特吉亚迪斯小姐？"他强调了下"小姐"，听起来就像是"小姐儿"。

"索菲亚是我的独女。"

"你有儿子吗？"

"我说过了，她是我唯一的孩子。"

"露丝，"他面带笑容，"我想你很快就要打喷嚏了。今天空气里有花粉吗？或者其他什么东西？"

"花粉？"露丝看上去有些不快，"我们在荒漠里。据我所知这里没有花。"

戈麦斯模仿着她的样子，也表现得有些不快。

"过会儿我会带你去游览我们的花园，你会看到你不认识的花。紫色的补血草，多刺的枣灌木，腓尼基刺柏，以及从附近的塔韦尔纳斯移植的各种灌木，绝对能讨你欢心。"

他走向她的轮椅，跪在她脚下，望着她的眼睛。她开始打喷嚏。"再给我一张纸巾，索菲亚。"

我照做了。她现在有了两张纸巾，一手一张。

"我的左臂总是在打完喷嚏后疼痛，"她说，"那是一种尖锐的撕裂般的疼痛。我必须握住我的手臂，直到打完喷嚏。"

"哪里疼？"

"肘关节里面疼。"

"好的。我们会给你做一个全面的神经检查，包括颅内神经检查。"

"我的左手还有慢性指关节疼痛。"

作为回应，他朝着猴子的方向摇了摇自己的左手手指，似乎在鼓励它也这么做。

过了一会儿，他转向我。

"我能看出你们很相像。不过，帕帕斯特吉亚迪斯小姐儿，你的肤色更深，有点灰黄，头发接近黑色，而你母亲的头发是浅棕色的。你的鼻子比她的更长，眼睛是棕色的，而你母亲的眼睛和我的眼睛一样是蓝色的。"

"我父亲是希腊人，但我出生在英国。"

我不确定拥有灰黄的皮肤这一评价算是种侮辱还是恭维。

"那你和我一样，"他说，"我的父亲是西班牙人，但我母亲是美国人。我在波士顿长大。"

"和我的笔记本电脑一样。美国设计，中国制造。"

"是的，身份总是难以固定，帕帕斯特吉亚迪斯小姐儿。"

"我来自约克郡的赫尔附近。"露丝突然宣布道，似乎感觉自己被遗忘了。

当戈麦斯伸手准备去抓母亲右脚的时候，母亲自动把右脚伸了出去，宛如呈上一份礼物。戈麦斯开始用拇指和食指按压她的脚趾，而我和玻璃盒里的猴子一起在一旁观看着。

他的拇指移向她的脚踝。"这是距骨。刚才我按的是趾骨，你能感觉到我手指的力量吗？"

露丝摇摇头。"我什么感觉都没有。我的脚没有知觉。"

戈麦斯点点头，好像他已经知道结果会是这样。"你的精神如何呢？"他问道，语气听上去像是在询问一根叫作"精神"的骨头。

"还不错。"

我弯下腰，捡起她的鞋子。

"不，"戈麦斯说，"请先不要着急给她穿鞋。"他开始查看我母亲的右脚底。

"你这里，还有这里都有溃疡。你查过糖尿病吗？"

"哦，查过。"她说。

"这些溃疡只是皮肤表层的一小块，但已经受到了轻微感染。我们必须马上对症治疗。"

露丝严肃地点点头，但她看上去是高兴的。"糖尿病，"她大声说道，"也许那就是原因。"

他好像不太想继续这段谈话，因为他站了起来，走到洗手台那里去洗了洗手。他一边伸手拿纸巾一边转向我。"或许你对我诊所的建筑结构感兴趣？"

我的确感兴趣。我告诉他，据我所知，最早的穹顶建筑由猛犸象的长牙和骨头建造而成。

"没错。你们的海滩公寓是长方形的。不过至少它有海景。"

"那个公寓不好，"露丝打断了我们，"我觉得那公寓就是一个建在噪音上的长方体。它有一个混凝土露台，那本应是私人空间，但因为正好在沙滩上，反而失去了私密性。我女儿总是喜欢坐在那儿看着电脑，这样就可以避开我。"

露丝发起牢骚来滔滔不绝。"晚上，沙滩上有给孩子们看的魔术秀，太吵闹了。饭店里碟子咣当碰撞的声音，游客们大喊大叫的声音，机动自行车的声音，孩子们尖叫的声音，放烟花的声音。除非索菲亚推我去沙滩，否则我从来不去海边，而且那里一直很热。"

"帕帕斯特吉亚迪斯夫人，那样的话，我会把海带到你面前。"

露丝用门牙咬住下嘴唇，就这样保持了一会儿，然后松开。"我发现西班牙南部的食物都很难消化。"

"很抱歉听到你这么说。"他的蓝眼睛闪着光，眼神落在她的肚子上，就像一只蝴蝶栖息在花朵上。

母亲这几年来瘦了不少。她的身体萎缩了，似乎还变得越来越矮，曾经及膝的连衣裙现在掉到了脚踝上面。我提醒自己，作为一个上了年纪的女人，她依然风姿绰约。她总是把头发绾成一个髻，用一个发夹固定在合适的位置，每隔三个月，银色头发冒了出来，她就会请染发师把头发裹在箔纸里染色，这是她的一项固定消费。染发师是个时髦前卫的人，把自己的头发全剃光了。她建议我也把头发都剃光，因为一到雨天，我那黑色卷发便总是任性地打卷，毛糙得很，而下雨天时常有。

我把她剃头的行为视作一个我无法参与的仪式。那时我在想，她是不是把自己的头发看作过去的重量，根据印度教的传统，甩掉它就象征着朝未来前进。但是她告诉我（说话时嘴里还叼着一块箔纸），她剃掉头发是因为这样最省事。而我头发的重量根本就算不上我的负担。

"索菲亚·伊琳娜，请坐。"

戈麦斯拍了拍他电脑对面的椅子，漫不经心地叫出我护照上写的全名。我听从他的指示坐下来，然后他把电脑屏幕转给我看，屏幕上有一张黑白图像，我母亲的名字显示在上面：

R.B.帕帕斯特吉亚迪斯（女）

他现在站到了我的身后。我闻到了他的洗手皂里那一丝苦苦的药味，也许是鼠尾草。

"你现在看到的是你母亲脊柱的高清X光片。这是后视图。"

"好的，"我说，"这是我让英国的医生寄给你们的，现在这片子已经过期了。"

"是的，我们诊所会重新拍片进行比对。我们在找其中的不同寻常之处。"他的手指从屏幕移到桌子上立着的灰色小收音机上，按下了按钮。"不好意思，我想听听政府紧缩计划的最新进展。"

我们听着西班牙语的新闻广播，时不时被戈麦斯打断，听他告诉我们电台里出现的西班牙财政分析师的名字。露丝皱了皱眉头，似乎要问怎么回事——他真的是医生吗——这时戈麦斯开口了，大金牙十分炫目。

"是的，我当然是医生，帕帕斯特吉亚迪斯夫人。今天下午我要和你一起检查一遍你的用药。当然，我有药物的具体信息，但是我想让你告诉我，哪些药是你最为依赖的，哪些是你可以停用的。还有，一定会让你高兴的是，天气预报说西班牙大部分地区都将阳光明媚，空气干燥。"

露丝在轮椅里动来动去。"我需要一杯水。"

"好的。"他走到洗手台边，用塑料杯接满水递给她。

"喝自来水安全吗？"

"当然。"

我看着母亲喝了一小口那浑浊的水。这种水称她的心吗？戈麦斯让她伸出舌头。

"伸出舌头？为什么？"

"舌头能直观表现出我们身体大致的健康状况。"

露丝照做了。

戈麦斯背对着我，他似乎能用直觉感知到我正盯着架子上那只毛绒猴。

"那是坦桑尼亚的长尾黑颚猴。一座高压电缆塔杀死了它，然后它被我的一个病人带去了动物标本剥制师那里。一番考虑后我接受了他的礼物，因为长尾黑颚猴有很多人类的特性，包括会得高血压和焦虑症。"他仍然专心地盯着我母亲的舌头。"我们没能看到它的蓝色阴囊和红色阴茎。我想是剥制师把它们摘除了。我们也必须要靠想象才能知道这小子是如何与它的兄弟姐妹在林间嬉戏的。"他轻轻敲了下母亲的膝盖，她的舌头就缩回嘴里。"谢谢你，露丝。你要水喝是正确的。你的舌头告诉我你脱水了。"

"是的，我总是感到口渴。索菲亚却懒得夜里在我床边放上一杯水。"

"帕帕斯特吉亚迪斯夫人，你们来自约克郡的哪个地方？"

"沃特。波克灵顿以东五英里的一个村庄。"

"沃特。"他重复了一遍，他的金牙展露无遗。他转向我说道："索菲亚·伊琳娜，我觉得你似乎很想放了这只被阉割的小猴子，这样它就能在屋子里活蹦乱跳，或者阅读我那套旧版的塞万提斯全集。但是你首先得释放你自己。"他的眼睛很蓝，像一道能切割石头的激光。"我需要和帕帕斯特吉亚迪斯夫人聊聊，制定一个治疗方案。这事我俩必须单独讨论。"

"不，她必须留下。"露丝用指关节在轮椅一侧的扶手上敲了敲。"我不会在一个陌生的国家放弃自己的药物治疗。索菲亚是唯一知道所有情况的人。"

戈麦斯朝我摇了摇手指。"为什么你要在接待处干等两个小时呢？真没必要，你应该在我的诊所门口乘上小巴士离开。车子会带你到卡沃内拉斯的沙滩附近。从医院到镇上开车只需二十分钟。"

露丝看上去被激怒了，可是戈麦斯没有理会她。"索菲亚·伊琳娜，我建议你现在就出发。现在是中午十二点，我们下午两点见。"

"我希望我能好好游一次泳。"我母亲说。

"想要更多享受是件好事，帕帕斯特吉亚迪斯夫人。"

"但愿吧。"露丝叹气道。

"但愿什么？"戈麦斯跪在地上，用听诊器听她的心跳。

"要是我也能游泳，沐浴在阳光下就好了。"

"啊，那将会是多么美妙的事情。"

他又让我不知该如何是好了。他的语气有些模棱两可。

似是戏谑，又带着友好。这有点古怪。我伸手按了按露丝的手，想对她说再见，但是戈麦斯正全神贯注地听着她的心跳。于是我亲了亲她的头顶。

母亲说了声"哎哟！"。

她闭着双眼，脑袋后仰，好像正在经受痛楚，又像是感到了极大的喜悦，令人难以捉摸。

当我到达水泥厂对面空寂无人的沙滩时，正值烈日当空。我走向一排煤气罐旁边的一家小店，向一个和善的服务生点了一杯金汤力。他指着大海提醒我不要去游泳，因为早上有三个人都被水母严重蜇伤。他看见他们四肢上的伤痕先是变白，然后发紫。他做了做鬼脸，闭上眼睛，挥挥手，好像要把海洋和所有生活其中的水母都赶走。那几个煤气罐就像从沙砾上长出来的奇怪的沙漠植物。

一艘巨大的工业货船漂浮在海平线上，上面飘扬着一面希腊国旗。我将目光移向别处，看到一架固定在粗糙沙地上的生锈的孩童秋千。它的座位由一个破旧的轮胎制成，正轻轻地摇晃着，就好像某个孩童的幽灵刚刚从上面跳下来似的。海水淡化厂的起重机斜斜地立在空中。在沙滩右边的一个仓库里，灰绿色的水泥粉堆积成起伏的丘陵，沙滩上未完工的旅馆和公寓劈开了山体，宛如谋杀现场。

我瞥了一眼手机。上面有一条丹之前发来的短信，他是我在咖啡屋的同事。他想知道我们用来标记三明治和点心的马克笔在哪里。来自丹佛的丹发短信给身处西班牙的我问一支笔在哪儿？我喝了一小口金汤力，冲服务生点头致谢，心想自己是不是把笔放在了什么隐蔽的地方。

我拉下连衣裙的拉链，这样太阳就能照在我裸露的肩膀上。水母蜇伤的灼痛基本平复了，可时不时还是能感到一阵刺痛。那不是最糟糕的一种疼痛，某种意义上说反倒是一种解脱。

还有一条最近收到的短信也来自丹，他找到了笔。原来趁我在西班牙，他睡进了咖啡屋楼上我的房间里，因为上礼拜他的房东涨了房租。笔就在我的床上，笔盖没了，所以床单和羽绒被都染上了黑色的墨渍，事实上他形容那是"墨水大出血"。

他再也不能写下这些句子了：

　　索菲亚的苦甜杏仁奶酪蛋糕——堂食 3.9 英镑，外带 3.2 英镑。
　　丹的湿润香橙玉米糕（不含小麦和麸质）——堂食 3.7 英镑，外带 3 英镑。

我甜中带苦。

他是湿润的。

丹绝不是湿润的。

我们并没有亲自烘焙这些蛋糕，只是老板告诉我们，如果顾客认为是我们做的，就会更愿意买。所以我们在并非自己制作的东西前面加上了自己的名字。我很高兴那支平放着的笔没有墨水了。

我现在想起来了，一定是我在抄写一段来自玛格丽特·米德的话时把笔落在了床上。米德是这世上最有影响力的文化人类学家之一，我把她的话直接抄在了墙上。

过去我常常对我的学生们说，提高洞察力的方法是：研究婴幼儿；研究动物；研究原始人；进行心理分析；转变宗教信仰并克服其中的困难；精神病发作并战胜它。

那段引用里有五个分号，我记得自己用马克笔在墙上写下"；；；；；"，还在"改变宗教信仰"下面画了两条线。

我的父亲改变了宗教信仰，但据我所知，他并没有从这件事中走出来。事实上他娶了一个仅比我大四岁的女人，他们有了一个孩子。她二十九岁，而他六十九岁。几年前，在他还未遇到这一任妻子前，他从他祖父在雅典的航运生意中继承了一大笔财产。他一定把这视为自己走上正轨的标志。当他的国家濒临破产时，上帝却给他带来了财富、爱情，以及一个小女儿。我从十四岁起就再没见过我父亲。他那新获得的财产，一个子儿都不属于我，于是我成了母亲的负担。她是我的债主，我用我的腿来偿还她。我的腿一直在为她卖命奔波。

为了支付戈麦斯诊所的治疗费用，我们必须一起去跟露丝的抵押贷款方面谈。

我请了一上午的假，这意味着我要损失十八英镑三十便士换来三个小时的空当。天下起了雨，公司的红地毯湿了。四处张贴的海报上标榜着银行是如何重视我们的福祉，似乎人权是他们最关心的问题。坐在电脑后面的那个人训练有素，带着一脸职业笑容和善意；按照他理解的方式努力装作和客户心灵相通，还要表现得和蔼可亲、精力充沛；对那条印着银行标志的难看的红领带表示喜爱。他的红色名牌上有自己的名字和工作描述，但没有工资情况，也许他的收入处在某种有尊严的贫困范围内。他试图表现得像我们的私人顾问，从他的角度公平公正地了解我们的情况，并竭力用我们能理解的简单语言和我们交流。墙上的海报上有三个其貌不扬的员工盯着我们，面带笑容。女士身穿西装和短裙套装，男士身穿西装和长裤套装。他们的信息传达着我们的相似之处，同时试图消除我们的差异。我们都是理性的梦想家，我们有着一样的坏牙；我们都想拥有属于自己的容身之处，圣诞节时能在那儿和家人拌拌嘴。

我能看出，这些海报是一种启蒙仪式（有关财产、投资和债务），职业套装则象征着对复杂的性别差异做出的牺牲。另一幅海报展示了一栋半独立式房屋，屋前有一块墓地大小的花园。花园里并没有花，只有一些新铺的草皮。一块块草皮还没有长到一起，看起来有些荒凉。也许有一个偏执狂潜伏在他们为我们编造的故事里，他砍掉了所有的花，杀光了家里的宠物。

接待我们的人说话语气还算愉快，可仍有些机械。一开始他说的是"嘿，你们好"——至少他没有说"女士们，你们好"——然后开始喋喋不休地介绍现有产品，以花掉我继承的所有财产。接着他问我母亲吃不吃牛排。这个问题有些突兀，但我们明白他的用意（引导一种奢侈的生活方式），因此露丝告诉他，她是一个纯素食主义者，提倡建立一个更加人道、更具关怀的世界。如果她想要奢侈一回，就会在咖喱米饭里加一小勺酸奶。他不知道纯素食主义者是不吃乳制品的，否则露丝就要从他们公司那张红色椅子上摔下来了。他问露丝是否喜欢设计师品牌的衣服。她回答说自己只喜欢廉价的丑衣服。他又问她是否有常去的健身房。这个问题很奇怪，毕竟她拄着拐杖，两个肿胀的脚踝上还绑着绷带，尽管她每天早晨都用不合心意的水吞服那些消炎止痛的药片。

他让我们提供房产经纪人对我们房产的估值，还告知我们银行自己的调查员会来拜访我们。到目前为止，计算机后台对我们提交的信息是满意的，因为母亲已经还清了抵押贷款。在伦敦，砖块和灰泥还是值那么点钱的，即使维多利亚时代的砖块是用口水、尿液和厚胶布黏合的。他告诉我们，他倾向批准我们的贷款。我母亲对于这趟包含医疗的冒险感到很兴奋，对她来说，拜访戈麦斯诊所就像一场观鲸之旅。我返回工作岗位，准备制作三种浓缩咖啡，而露丝回家开始在新的病痛清单上罗列条目。我不能否认，她的病症虽然拖累了我，却也引起了我对它们进行文化研究的兴趣。她的病症代表着她想要表达的一切。它们一直在交谈。甚至连我都知道了。

我穿过灼热的沙滩，走进海水中来冷却双脚。

有时，我发觉自己也在跛行，好像身体已经记住了和母亲一起走路时的姿势。记忆并不总是可靠，也不完全都是事实，我对此心知肚明。

两点十五分我返回诊所时，露丝的轮椅已经换成了一把椅子。她正在阅读一份给英国侨民看的报纸上的星座运势。

"你好，索菲亚，看得出来你在海滩过得很愉快。"

我告诉她海滩荒无人烟，我盯着一堆煤气罐看了整整两个小时。这是我的一项特殊技能，让我自己的一天变得更微不足道，以显示她的生活举足轻重。

"瞧瞧我的胳膊，"她说，"抽血弄得我满是瘀青。"

"你这个可怜鬼。"

"我就是可怜鬼。医生减掉了我三颗药丸，三颗！"

她噘起嘴做了一个假哭的表情，拿着报纸朝戈麦斯挥了挥，戈麦斯如散步般穿过铺着白色大理石地板的走廊，朝我们徐徐走来。

他告诉我，母亲长期缺铁，所以才会缺乏活力。他给她开了维生素 B12，还有一种银线衬里的敷料，可以促进她足部溃疡的愈合。

一个维生素的处方，值两万五千欧元吗？

露丝开始列举从她日常服药清单上去除的药品名称。她提到这些药的样子就像在哀悼辞世的故人。这时，戈麦斯向阳光护士挥了挥手。她便脚踩灰色小羊皮高跟鞋朝他走来。当她站到他身边时，戈麦斯便肆无忌惮地用胳膊搂住她的肩膀，而她摆弄着别在右胸上的护士表。一辆救护车刚刚停在外面的车位上。她用英语告诉戈麦斯，司机需要午休。他点点头，松开搭在她肩膀上的手臂，让她抓牢表。

“阳光护士是我女儿。她的真名是朱莉塔·戈麦斯。如果你们需要什么，请随时叫她。今天恰巧是她的生日。”

朱莉塔·戈麦斯第一次笑了。她的牙齿很白。“我现在三十三岁，童年早已正式结束。请叫我朱莉塔吧。”

戈麦斯凝视着女儿，眼里闪烁着深浅不一的蓝光。“西班牙的失业率很高，”他说，“现在似乎达到了百分之二十九点六。我很幸运，我的女儿在巴塞罗那接受了优质的医疗培训，她现在是西班牙最受尊敬的理疗师。这意味着，我可以有点私心，利用职位之便给她在我的大理石宫殿里谋到一份差事。"

他身着细条纹上衣，张开双臂，摆出一副高贵的姿态，似乎要把那弯曲的墙壁、开花的仙人掌、闪闪发亮的崭新救护车、接待员、其他护士，以及几个身着蓝色T恤和崭新运动鞋的男医生统统揽入怀中。

"这大理石产自科天达尔，它的颜色就像我亡妻那苍白的肤色。是的，我开了这家诊所来悼念我女儿的母亲。春暖花开之时，成群的蝴蝶被诊所的圆顶建筑吸引，簇拥而来，令人着迷。它们能让病人振作起来。对了露丝，你应该去参观罗萨里奥圣母像，她由从马卡山运来的最纯净的大理石雕刻而成。"

"我是一个无神论者，戈麦斯先生，"露丝严厉地说，"而且我不相信生下孩子的女人是处女。"

"可是露丝，她由一块精致的大理石制成，那大理石的颜色和母乳的颜色一样，白中透黄。也许雕刻家仅仅是在向哺乳行为致敬？我在想，这位处女唯一的孩子会直呼其母的名字吗？"

"无所谓，"露丝说，"反正都是谎话。还有，耶稣称他母亲为'女人'。翻译成希伯来语就是'女士'。"

这时前台接待员突然出现了，她用西班牙语快速地和戈麦斯说着话，怀里还抱着一只胖胖的白猫。她把它放到地板上，就在戈麦斯锃亮的黑皮鞋旁边。当它开始绕着他的腿打转时，戈麦斯跪了下来，张开手。"霍多是我的真爱。"猫咪的脸贴着他张开的手掌蹭来蹭去。"它很温柔。我只是很抱歉我们这里没有老鼠，所以它整天无所事事，只能爱我。"

露丝开始打喷嚏。打完第四个喷嚏后，她用手揉了揉眼睛。"我对猫过敏。"

戈麦斯把小手指伸进霍多的嘴里。"健康的牙龈应该坚固，呈粉红色，从这点来看霍多没问题。但是它的肚子近来有些鼓胀。我担心它可能有肾病。"

他把手伸进口袋，拿出一瓶消毒液喷手，朱莉塔询问露丝是否也需要给她发痒的眼睛来几滴滴剂。

"哦，好的，请给我吧。"

露丝并不会经常说"请"，这听上去就像别人刚给了她一盒巧克力一样。

朱莉塔·戈麦斯从她口袋里拿出一个小小的白色塑料瓶。"这是抗组胺药，我刚帮助别人解决了这个问题。"她走向露丝，抬起她的下巴，在她的两只眼睛里各挤了两滴药水。

这会儿我母亲看起来眼泪汪汪，颇有责备之意，她的泪水已盈满眼眶，却还没有流到脸颊上。

猫咪霍多从一个医护人员的怀里消失了。

阳光护士，也就是朱莉塔，对我们不算友好，却也没有敌意。事实上她能干且淡定，完全不像她父亲那样风风火火。我观察到，她听露丝说话时其实很认真，表面上却看不出来。于是，我重新想起我们第一次走进咨询诊疗室时她在门口徘徊的样子。也许她并不像我想象的那样神游在自己的世界里？她兀自观察着事物，因为她还问我是否需要帮我拉上裙子的拉链。我忘记自己在海滩时拉开了拉链。朱莉塔小心翼翼地拉上我的拉链，然后把手搭在她纤细的腰上，提醒我们出租车到了。

"再见，露丝。"戈麦斯用力地和她握了握手。"对了，你们应该用我们给你们安排的出租车。这包含在治疗费里了。"

"可我怎么开？我的腿没有知觉。"露丝又一次感觉受到了冒犯。

"有了我的允许，你们就可以开车了。下次过来治疗时开车走吧。还有些资料要填写，不过车子已经为你们准备好了，就在停车场。"

朱莉塔把手搭在我母亲的肩膀上。"如果你们开车时碰到任何问题，索菲亚可以给我们打电话，我们会去接你们。她有我们所有人的联系方式。"戈麦斯诊所显然是个家族企业。

不仅有诊所为我们提供车，戈麦斯还告诉我母亲，他将非常乐意带她外出享用午餐。他让朱莉塔在他的日志上添上一个两天后的安排，然后垂下他满是银发的脑袋，转过身去和一个等在大理石柱旁的年轻医生说话。

当我和露丝一瘸一拐地走向出租车时，我问她戈麦斯让她做什么样的锻炼。

"那不是身体锻炼。他要求我写一封信，信里列出我所有敌人的名字。"

她啪地打开手袋，手忙脚乱地想要扯出一张卡在搭扣上的纸巾。"你知道吗，索菲亚，当阳光护士，或者朱莉塔·戈麦斯——不管她究竟叫什么吧——把药水滴到我眼睛里的时候，我确定我闻到了她身上的酒味。事实上，她身上散发着伏特加的味道。"

"今天是她的生日嘛。"我说。

山下的海水很平静。

那个希腊女孩很懒惰。她们那海滩房子的窗户上都是灰尘，可她没有打扫。她从不锁门。太大意了。像是一个赤裸裸的邀请。就像骑自行车不戴头盔一样，这也是很大意的。一旦发生意外，那就像是在邀请别人对你重重一击。

女士们和先生们

才早晨八点，潜水学校的狗就已经在拉扯它的链条了。它双腿直立，将满是疮痂的棕色脑袋伸到屋顶露台的墙外，冲下方的海滩咆哮着。巴勃罗正朝着两个刷墙的墨西哥人大喊大叫。他们不可能朝他吼回去，因为他们没有法律文件支持他们朝他竖中指。狗叫得越大声，巴勃罗喊得也越起劲。

我今天要给巴勃罗的狗以自由。

我走到潜水学校旁的普拉亚咖啡馆，点了一杯我最爱的告尔多咖啡。鉴于我在咖啡屋接受了六天培训来精进我的打奶泡技术，这会儿当然想看看这儿的服务生是怎样打奶泡的。服务生的黑色头发抹了发胶，根根朝着不同方向竖起。为了对付重力，他的头发要做的可多了。我能盯着它们看一个小时，甚至忘记要放生巴勃罗的狗。告尔多咖啡用的是保质期较长的牛奶，这是沙漠里最常用的一种牛奶。这种牛奶被形容为"具有商业稳定性"。

"我们为了从奶牛乳房里挤出一桶生牛奶而跋山涉水，我们已离家千里。"

这是我到咖啡屋工作的第一天，我老板用她温柔而悲伤的声音告诉我的。我仍然常常想到这句话。我会思考她是怎么想的，家就是生牛奶所在之地？

潜水教练们正推着塑料汽油罐和氧气罐穿过沙滩。他们的船在那片用绳子特别隔出来的海域等着他们。什么时候才是放生巴勃罗的狗的最佳时机呢？

我起身去找女厕所，路上会撞见一个村里的酒鬼配着晨间白兰地吃一盘鲜艳的橙黄色薯片。女厕所的门看起来就像西部牛仔电影里酒吧的双开式弹簧门一样，上面装着被涂成白色的板条。我在西部片里看到过，郁郁寡欢的陌生人走进来的时候，酒吧老板会满腹狐疑地盯着他。我正在方便时，有个人走进了旁边的隔间。隔间的隔板和地板之间有缝隙，我可以看出那是个男人。他穿着黑色皮鞋，侧边有金色鞋扣。他好像在等我，因为他站在那里一动不动，我能听见他的呼吸，可他的脚始终没移动过。他潜伏着，我突然觉得自己被监视了。也许他能看到我，裙子被我提到了腰间。不然他为什么只是站在那里呢？我等了几秒钟，等他采取行动或者离开，可他并没有。我有点慌了。我迅速拉下裙子，推开门，跑去找服务生。

他在咖啡机前忙活，一边烤着面包，一边还榨着橙汁。

"不好意思，有个男人在女厕所里。"

服务生抓住搭在肩膀上的布，擦了擦沾着奶的不锈钢搅拌棒，然后转身从烤架上拿出不太新鲜的法棍，放到盘子上。

"什么？"

我的腿在颤抖，我不知道为什么自己如此害怕。"有个男人在女厕所里。他从门下面偷看我。他身上可能有刀。"

服务生摇摇头，面露不悦。他不想离开咖啡机，咖啡机的不锈钢管下，各种杯子已经多得排成一行。做各式各样的咖啡是很复杂的，每种咖啡都要配上不同款型和样式的咖啡杯或玻璃杯。"也许你走到男厕所去了？它们挨在一起的。"

"没有，我觉得他很危险。"

于是我俩飞快走到了标有"女厕所"字样的门前，那三个字被粗糙地写在一块由红色蕾丝装饰的扇形牌上，他飞起一脚把门踹开。

一个女人站在洗手台边洗手。她年纪和我相仿，穿着一条蓝色丝绒紧身短裤，金色头发编成了一条粗辫子。服务员用西班牙语问她是否曾在女厕所里看到一个男人，她摇摇头，继续洗手，这时服务员用穿靴子的脚踢开了另一扇门。

"这里唯一的男人就是你。"女人对服务员说。她说话带着德国口音。

我低头盯着地板，感到羞愧万分。眼睛朝下看时，我发现这个扎着金色辫子的女人穿了一双男鞋，就是刚刚我在隔间里看到的那双侧边有金色鞋扣的黑色皮鞋。我不知道该说什么，脸涨得通红，和刚才一样的惶恐又在我胸口翻涌。服务员举起他的双手，踏步离开了女厕所，只留下我和那个女人。

我们沉默地站着。为了给自己找点事情做，我洗了洗手，却不知道该怎么关水龙头。她用手掌重重拍了一下水龙头，水就停了。当我抬头看向洗手台上方的镜子时，我发现她在斜眼看我，她的眼睛是绿色的。她和我年纪相仿，眉毛粗黑，有一头金色的直发。

"这是男式舞鞋，"她说，"我从山上的二手店里淘来的。我就在那儿工作。"

我用湿漉漉的手来回拨弄着头发。我一绺一绺的头发卷了起来，她则安安静静地站在那里，泰然自若。

"夏天我在店里做缝纫，他们就给了我这双鞋。"她拽了拽辫子的末端。

"我在附近看到过你和你母亲。"

村里的广场上，一个男人正用他卡车上的扩音器大喊着什么。他在叫卖甜瓜，很显然他心情不太好，因为他的手砰的一声拍在喇叭上。

"是的，我母亲是这儿一个诊所的病人。"我听起来就像一个失败者。出于某种原因，我想要博取她的好感，可是我又很难给人留下深刻印象。我的心还在狂跳，T恤上也都是水渍。她又高又瘦，晒黑的手腕上戴着两只银手镯。

"我和男友在这里有一栋房子。大多数的夏天我们都会来这里。今天店里有很多缝补的活儿，做完我们就开车去罗达基拉尔吃晚餐。我很喜欢在凉爽的夜里开车兜风。"

她的生活就是我想要的那种。她的手指还在拨弄着辫子。

"你打算开车带你母亲四处转转吗？"

我告诉她我们必须去诊所取我们租来的车，但我不会开车，而露丝的腿又有问题。

"为什么你不会开车？"

"我考了四次都没通过驾驶资格考试。"

"不可能吧。"

"我的理论考试也没及格。"

她噘起嘴，用她那狭长的眼睛盯着我的头发。

"你会骑马吗？"

"不会。"

"我三岁就开始骑马了。"

显然我没有什么可以向别人介绍的。

"不好意思打扰了。"我说。在不跑起来的状态下，我尽可能快速地离开了女厕所。

我该去哪儿？我无处可去。我母亲办抵押贷款的那个公司墙上的海报便展示了这种恐惧，我们共有的恐惧。他们说得一点也没错。我来到普拉亚咖啡屋附近的广场，假装要去买一个西瓜。

我会把西瓜皮留着喂母鸡，它们在炎炎夏日居然还能下蛋，真是奇迹。那些是贝德拉太太的母鸡，贝德拉先生因反抗佛朗哥的法西斯军队，死在了西班牙内战中。

那个卖西瓜的不是男人，而是一个女人。

她坐在货车的驾驶座上，用她棕色的小手把喇叭按得哗哗响。我感到很困惑。之前出现在我脑海里的形象是一个满脸胡茬、大汗淋漓的男司机，可现实里却是一个头戴草帽的中年女人。她的蓝色长裙上满是穿过沙漠公路时沾上的灰尘，巨大的乳房整个垂在方向盘上。

这时我突然想起，自己的咖啡还没喝完。

我回到普拉亚咖啡屋，大口喝完我的告尔多咖啡，就像那个乡村酒鬼大口灌下他的晨间白兰地一样。

她就在那儿。

穿着男式皮鞋的那个女人就站在我的桌子旁。她高大挺拔，像个女兵。她正眺望着大海。你可以看到那些轮船，看到孩子们套着巨大的塑料泳圈游泳，看到游客们将雨伞、椅子和毛巾摆放在沙滩上。潜水学校的船现在满载装备，驶入海中。那条棕色的德国牧羊犬仍在不停地拉扯着它的锁链，我还没能将它放生。

"我叫英格丽德·鲍尔。"

她站得离我这么近做什么？

"我是索菲，索菲亚是我的希腊名字。"

"你好，佐菲。"

她念我名字的方式让我感觉自己仿佛拥有了另一种人生。我为我那可怜的白色人字拖感到羞耻，它们在夏天都要变成灰色了。

"你的嘴唇都被太阳晒裂了，"她说，"就像安达卢西亚树上的杏仁在成熟时会开裂一样。"

巴勃罗的狗开始咆哮。

英格丽德抬头看向潜水学校的屋顶露台。"那条德国牧羊犬是一条工作犬，不应该整天被铁链拴着。"

"它是巴勃罗的。每个人都讨厌巴勃罗。"

"我知道。"

"今天我要放了这条狗。"

"哦？你打算怎么做？"

"我不知道。"

她抬头仰望天空。"当你解开链条时，你会和它进行眼神交流吗？"

"会吧。"

"错，千万不要那样做。当你靠近它时，你的身体会像树一样保持静止吗？"

"树从来都不是静止的。"

"那就像一根木头。"

"好，我会像一根木头一样保持静止。"

"像一片树叶。"

"树叶也从来不是静止的。"

她仍然望着天空。"有个问题，佐菲。巴勃罗的狗遭受了严重虐待，获得自由后它将会不知所措。这条狗会在村子里乱跑，吃掉所有的婴儿。如果你要放掉它，你就得把它带到山里去，让它自在奔跑。那样它才是真正获得了自由。"

"可是它会在山里缺水而死。"

现在她开始盯着我看了。"哪个更糟糕？每天被铁链拴着，有一碗水可以喝，还是自由自在，但可能会渴死？"她左眉高高挑起，好像在问，你是不是有点神经质？你叫来一个服务员踢开两道门去找一个根本不存在的男人，你不知道如何关水龙头，你不知道怎么开车，你还想放生一条恶狗。

她问我是否愿意去沙滩上走走。

我愿意。

我踢掉我的人字拖，我们跳过了将咖啡馆露台和沙滩分隔开的三级水泥台阶。这一跳好像别有深意，我们不是走下那些台阶，而是同时跑了起来。我们飞快地跑过沙滩，似乎在追逐着什么我们肉眼看不到，却知道就在那儿的东西。过了一会儿，我们放慢了速度，沿着海岸漫步。英格丽德脱掉了她的鞋子，她看着我，然后把它们扔到了海里。

我听见自己喊着别别别。我一把撩起我的裙子，跑到海里想把它们捞起来。当海浪涌到我胸部的位置时，我从海里走出来，把鞋子还给了她。

　　她双手各提着一只鞋子摇晃，把水甩掉，然后笑了。"我的天，这双鞋子。我不是故意要吓唬你的，佐菲。"

　　"这不是你的错。不过我确实吓坏了。"

　　我为什么那么说？我真的吓坏了吗？

　　我们继续走着，避开孩子们和父母一起堆好的沙滩城堡，那些城堡构造复杂，还有护城河和塔楼。一个约莫七岁的女孩自腰部以下都被埋在了沙子里，她的三个姐妹则用沙子堆出一条美人鱼的尾巴。我们从她身上跳过去，又开始奔跑，一直跑到沙滩的尽头。我在有一堆黑色海藻的岩石边停下，英格丽德也是。我们肩并肩仰面躺下，凝望蓝色天空中飘浮着的一只蓝色风筝。我可以听到她的呼吸声。风筝突然破裂，开始下坠。我真希望我此前的人生也可以随滚滚波涛一起逝去，然后重新开始一种不同的生活，可我不知道那意味着什么，也不知道怎样才能实现。

　　英格丽德短裤背面口袋里的手机在响。她翻身去拿手机，我也翻了个身，我们就这样靠得更近。我开裂的嘴唇覆在她柔软的双唇上，我们亲吻起来。海浪来袭。我闭上眼睛，感觉到海水没过了脚踝，脑海中浮现出我笔记本电脑的屏保，电子天空里的星座，粉红色的光线旋涡，它们由气体和灰尘构成。手机还在响着，我们仍在继续接吻，她握住我被水母蜇伤的肩膀，压着我的紫色伤痕。伤口很疼，可我不在乎，接着她推开我去接电话。

"我在沙滩上，马蒂，你能听到海的声音吗？"她握着手机朝向海浪，可绿色的眼睛却斜看着我，同时用唇语说，我迟到了，太迟了。好像不管是什么让她迟到了，都是我的错。

我很困惑，于是起身离开。

然后我听到她喊我的名字，我没有转身。被姐妹们埋在沙子里的美人鱼女孩现在已经有了一整条扇形尾巴，上面装饰着贝壳和小鹅卵石。

"佐菲佐菲佐菲。"

我茫然地继续走着。我让一些事情发生了。我的身体有些摇晃，我知道我压抑自己太久，这种压抑的感觉充斥我的身体和皮肤。"人类学"（anthropology）一词来源于希腊语的 anthropos（人类的）和 logia（学科）。如果人类学就是研究几百万年前诞生的人的学科，那么，原来我并没有将自己研究透彻。我研究了土著文化、玛雅象形文字和一家日本汽车制造商的公司文化，我写了数篇研究多种其他社会的内部逻辑的论文，然而我对自身的逻辑一无所知。突然间，刚刚经历的一切成了发生在我身上最美好的事情。让我印象最深刻的便是她压到我胳膊上水母蜇出的伤口时的感觉。

她在广场上喝着蜜桃茶，感觉很热，因为她
那件蓝黑方格衬衫适合在安达卢西亚的冬天穿，
而不是夏天。她自认为穿着工装衬衫就是个牛仔
了，总是孑然一身，独来独往，一个人在夜里望着
远方的山脉，说："我的上帝，看那些星星啊。"

敲门

今晚，有个人一直在敲我们海滩公寓的窗户。我查看了两次，门外都没人。可能是海鸥，或者是风把沙滩的沙子吹了过来。当我照镜子时，我完全不认识自己了。

我晒黑了，我的头发变得更长更蓬松，在深色皮肤的衬托下，我的牙齿看上去更白了，眼睛似乎也变得更大更明亮，这样更适合哭泣。因为我的母亲一直朝我大喊大叫，嚷着类似"你没把我的鞋带系好"这样的话。每次我都会跑去跪在她脚下重新打结，可鞋带还是会松开，最后我不得不坐到地板上，把她的脚放在我的膝盖上，解开所有的旧结，再打上新结。

解开旧结、重新打结是一个很长的过程。我问她为什么非要穿鞋，尤其是系带的鞋。这天已经是晚上了，而且她也不打算出门。

"穿着系带的鞋子可以让我更好地思考。"她说。

我给她穿鞋时，她就倚靠在椅子上，盯着刷白的墙看。如果她允许我挪一下椅子，她就能看着夜空里的星星了。只需要很小的一个动作就能改变她的视角，可她不感兴趣。星星对她来说似乎是种侮辱，每颗星星都在冒犯她。她告诉我她脑海中已经有了一幅画面，那是约克郡丘陵的风景。她走在小径上，草木葱郁松软，细雨轻柔地落在她的头发上，她的背包里还装着一个奶酪卷。我很想和她一起走在约克郡的丘陵间，也很乐意给她的面包卷涂抹奶酪，帮她看地图。当我告诉她这点时，她露出了似笑非笑的表情，似乎她已经放弃了自己的脚，转而把它们交给别人了。今天晚上我很紧张，还是能听到有人敲窗户的声音，也许是藏在墙里的老鼠在捣鬼。

"你似乎总是远在天边，索菲亚。"

有可能是我父亲。他来照顾我母亲，好让我能休息一会儿。也可能是一个从北非偷渡来的难民，我会给她一个今晚可以落脚休息的地方。我会的。我想我会这么做的。

"冰箱里有水吗，索菲亚？"

我正在想着公共场所的卫生间门上那些符号，它们向我们表明我们是谁。

Gentlemen   Ladies

Hommes   Femmes

54

Herren	Damem
Signori	Signore
Caballeros	Señoras[①]

是不是我们所有人都潜伏在彼此的符号里？

"给我水，索菲亚。"

我正想着英格丽德握住手机朝向海浪的样子。*我在沙滩上，马蒂，你能听到海的声音吗？*

她和男朋友通话时，她的脚就放在我右大腿的内侧，膝盖往上的地方。

她把她的男式鞋子扔到了一片海藻上，海浪涌来时，它们就如小舟般摇曳。漂浮着的黑色海藻散发出咸咸的矿物气味，浓郁而迷人。

我在沙滩上，马蒂，你能听到海的声音吗？

满是水母漂浮其中的海。

浸湿她蓝色天鹅绒短裤的海。

我继续解开母亲鞋带的旧结，再打上新结。毫无疑问，有人在敲窗户。这次不是轻叩，而是重重的击打。我将母亲

---

① 左右两列单词代表着不同语言中的"男士""女士"，从上至下依次为英语、法语、德语、意大利语和西班牙语。

的脚从自己的膝盖上移开，走到门口。

"你在等人来吗，索菲亚？"

不。是的。也许吧。也许我的确在等人来。

英格丽德·鲍尔穿了一双银色罗马凉鞋，鞋带系到小腿上，她面露不快。"佐菲，我一直在敲门。"

"我没看到你。"

"但我就在这儿。"

她告诉我，她一直在和马修①谈论我的处境。

"什么处境？"

"没有交通工具。这是沙漠，佐菲！他提议明早由他帮你去戈麦斯诊所提车。"

"有辆车确实好。"

"让我看看你的蜇伤。"

我卷起袖子，给她看那紫色伤痕。它们开始起水泡。

她用手指摸着我的瘀痕。"你闻起来就像大海，"她低声道，"就像一只海星。"她的手指伸到了我的腋下。

"这些该死的水母还真是盯上你了。"她问了我的电话号码，我把那串数字写在她的手心。

"佐菲，下次我敲门的时候一定要开门。"

我告诉她我从来不锁门。

---

① 即前文提到的马蒂。

我们住的海滩公寓十分阴暗。公寓墙壁厚实，即便在热浪逼人的夏天，室内也很凉爽。屋里的灯不分昼夜地开着，但英格丽德刚走，灯就突然灭了。我不得不站到椅子上，打开靠近浴室墙上的保险丝盒，再打开电闸开关，屋内的灯才又亮了起来。我从椅子上下来去给露丝泡茶。这些约克郡茶包是露丝带过来的，足足有五盒。我们当时住的哈克尼区那条街的尽头有一家店铺卖这样的茶包，她特地走过去买了很多，然后又走了回来。母亲的跛脚真是让我捉摸不透。有时候，母亲出门的样子就像有鬼魂在驱使那双腿。

　　"给我一个勺子，索菲亚。"

　　我把勺子递给她。

　　我不能就这样生活下去。我要把生活中的所有电闸开关都打开。

　　时间已经碎裂，一如我开裂的嘴唇。当我写下一些田野调查的想法时，竟然不知道自己用的是过去时还是现在时，或者两者都有？

　　而且到现在我都还没有放掉巴勃罗的狗。

ल

　　夜里，这个希腊女孩点上香茅卷驱蚊。我能
清晰地看见她腹部和胸部的曲线，她乳头的颜色
比她的唇色要深。如果她不想在这香味弥漫的黑
暗房间里被蚊子吞噬，就得放弃裸睡这个习惯。

将大海带到露丝面前

戈麦斯带母亲去吃午餐时，我答应他在桌上会保持沉默。他禁止我说话，并让我相信他的判断。实际上他告诉我，他的员工每天都会去海滩公寓接露丝到诊所，我可以自由活动。只有每周二他会叫我去诊所，因为我是母亲的直系亲属。除此之外，一切都看我自己的选择。他想借此了解露丝，因为露丝的病情让他十分迷惑。他迫切地想知道她偶尔能走路的原因，至于她为什么不能走路，他反倒不感兴趣。这确实很像是由生理因素导致的疾病，我们不能完全相信医学理论。他问我，你觉得呢？

我如今将戈麦斯视为我的研究助理。母亲的病症困扰了我一生，而他才刚刚开始接触。对于母亲的病症，谈不上什么治疗成功或是失败。只要戈麦斯做出一个诊断，母亲就会生出新的症状来迷惑他。戈麦斯似乎对此一清二楚。昨天他还让母亲叙述一下，面对一只昆虫尸体会产生怎样的不安情绪。可以假设这昆虫是一只苍蝇，因为要打死它十分简单。这样做虽然有点奇怪，但他建议母亲试一试，同时在它死前仔细倾听它单调的嗡嗡声。他说，她很可能会发现，这些烦人的嗡嗡声很像俄罗斯民间音乐。

母亲听后开口大笑，这是我第一次见她这样。与此同时，戈麦斯为她预约了各种各样的身体扫描，他的员工则为她的右脚上银线敷料。

戈麦斯在乡村广场酒店预订了一个三人餐桌，他认为母亲从公寓走到那里会相对轻松一些。事实上，对于母亲而言，这一点也不轻松。她被广场上前一晚没有打扫干净的开心果壳绊了一跤。我花了一个小时替她整理鞋上的蕾丝边，可最后她还是被一粒不到豌豆大小的坚果给绊倒了。

戈麦斯已经在餐桌旁坐好。露丝坐在了他对面，我则按照他的指示坐在他旁边。他今天没有穿那身偏正式的细条纹西装，换了一身优雅的奶油色亚麻西装。倒不是说不正式，只是比起第一次见他时，少了些著名医师的商务派头。他的上衣口袋里还塞了一条黄色的丝绸手帕。手帕折成了圆角的老样式，而不是直角。这让他整个人看起来光鲜得体又彬彬有礼。母亲和他都在仔细地看菜单，而我只用手指了指上面的沙拉，仿佛一个参加一日游的哑巴。露丝思考了一会儿，点了一份白豆汤。戈麦斯则大方地点了一份招牌菜——烤章鱼。

露丝急忙告诉他自己对鱼过敏，吃鱼会让她的嘴唇肿胀。看到戈麦斯一副似懂非懂的样子，她欠身向前，戳了戳我的肩膀。"跟他说我对鱼过敏。"

我遵守戈麦斯之前的指示，一声不吭。

她见状又转向了戈麦斯。"我忍受不了周围有一丁点儿鱼类的东西。你那章鱼的气味飘到我这边来，我会全身起疹子的。"

他心不在焉地点点头，伸手去摸她的手。她吓了一跳。我想他可能是想测一测她的脉搏，因为我注意到他只把一根手指搭在了她的手腕上。"帕帕斯特吉亚迪斯夫人，你吃着鱼油补剂和氨基葡萄糖。我已经在实验室分析过这些东西的成分了。你吃的氨基葡萄糖是由贝类生物的外壳制成的。你吃的另一种补剂则提取自鲨鱼的软骨。"

"是的，可我对其他鱼类过敏。"

"鲨鱼可不是贝类生物。"他的金门牙在阳光中闪着光。他没有预订阴凉处的餐位，现在被热得满头大汗，那撮白发已被打湿，散发出一股生姜的味道。

露丝伸手去拿酒单，戈麦斯敏捷地把酒单从她手里抢了过来，移到了桌边。"不行，帕帕斯特吉亚迪斯夫人，我可不想给一个醉醺醺的病人看病。要是你在我的诊疗室，我是不会给你酒的。现在也是一次问诊，我只不过是换了个地点。谁说不能露天问诊呢？"

戈麦斯挥手叫来服务员，点了一瓶特别的矿泉水。他告诉露丝，这种水先是在米兰灌装，然后出口至新加坡，再进口到西班牙来。

"呀，新加坡！"他拍了下手，大概是想表明他需要更多关注。"上个月在新加坡的会议让我十分烦躁。有人建议我给酒店喷泉池里的鲤鱼喂食来平复心情，下午还可以眺望一下中国南海。中国南海，这几个字是不是很美？"

露丝的嘴角抽动了一下，好像任何与美沾边的东西都让她很受伤。

戈麦斯靠回椅子上。"英国的游客都在那家酒店顶层的泳池里喝啤酒。他们躺在水中，敞着肚子。喝酒的时候，那么漂亮的中国南海，他们瞟都不瞟一眼。"

"在泳池里喝啤酒听起来很不错啊。"露丝与他针锋相对，似乎在对午餐时喝水表示不满。

戈麦斯的金牙像火焰一样闪亮。"你现在坐在这里沐浴着阳光，帕帕斯特吉亚迪斯夫人。晒太阳可以补充维生素 D，对你的骨头有好处，当然你还得喝点水。现在，我想问你一个严肃的问题。为什么英语里读'wi-fi'，而我们西班牙语里却念'wee-fee'呢？"

露丝抿了一口水，痛苦得像是被迫喝了自己的尿液一样。"这还不简单吗，戈麦斯先生？不过是大家对元音的强调不一样而已。"

广场中央，一个大约十二岁的瘦瘦的男孩正在给一个塑料艇充气。他的莫西干头染成了绿色，双脚正踩在一个塑料打气筒上，边打气边大口大口地吃冰激凌。他五岁的妹妹不时跑到瘪瘪的塑料艇旁边，检查它是否可以下海。

服务员端来了沙拉和白豆汤，每个盘子都稳稳地摆在他的手臂上。他倾身越过戈麦斯的肩膀，将一大盘带着紫色触须的烤章鱼放在了戈麦斯的纸质餐垫上。

"太棒了，谢谢。"戈麦斯用他带美式英语口音的西班牙语说道，"它们真是美味，我怎么都吃不够！蘸酱是这道菜的精华，里面有辣椒粉、柠檬汁，还有红椒！我真要好好感谢这种深海里的古老动物。章鱼，向你的智慧、神秘和非凡的防御系统致敬。"

露丝的左脸颊上出现了两个红红的肿块。

"你知道吗，帕帕斯特吉亚迪斯夫人？章鱼可以变换皮肤颜色来伪装自己。作为美国人，我觉得章鱼很神秘，甚至有点吓人。但作为半个西班牙人，我又觉得它虽像个怪物，却很熟悉亲切。"

他拿起手里的餐刀，割下一条布满凸起的暗紫色触须。他没有往嘴里送，而是扔在了地上，引来许许多多的猫与他一起共进午餐。这些猫从四面八方聚到餐桌下，绕着他的双脚围成一个圈，为了能一品这海洋怪物的滋味而争抢不休。他小心翼翼地切着章鱼韧性十足的肉，然后蘸满酱料往嘴里塞。过了一会儿，他又向猫群扔去三根触须。

母亲安静了下来，一动不动地坐着，让人吃惊。她静止的样子并不像一棵树、一片叶子或者一根木头，而像一具尸体。

"我们刚刚在讨论 Wi-Fi，"戈麦斯继续说，"我来告诉你这个谜题的谜底，我读'wee-fee'，是为了和亚西西的方济各①押韵。"

三只猫坐到了他的鞋上。

露丝虽然一动不动，但绝对还在呼吸。因为她开始对戈麦斯进行言语攻击。她的眼睛变得又红又肿。"你上的是哪个医学院？"

"约翰·霍普金斯学院，帕帕斯特吉亚迪斯夫人。在巴尔的摩。"

"他在开玩笑吧。"露丝朝我大声地说着悄悄话。

我用餐叉叉起一个番茄，没有回答。自始至终，我都在关注她左眼闭合的方式。

戈麦斯问她是不是很享受她的白豆汤。

"'享受'这个词太过了。汤很润口，但没什么味道。"

"'享受'这个词怎么会太过呢？"

"这个词不足以准确地形容我对这碗白豆汤的看法。"

---

① Francis of Assisi，意大利的天主教圣人。

"那我希望你能找回对'享受'这个词的胃口。"他说道。

露丝转向我,用红红的双眼和我对视。我像个叛徒一样移开了目光。

"帕帕斯特吉亚迪斯夫人,你想和我聊聊你的仇敌吗?"

她靠回椅子,叹了口气。

叹气是怎么回事呢?这完全是又一个绝佳的田野调查主题。难道叹气只是一声听得见的深长呼吸?露丝的叹气声强烈而不克制,有些沮丧但并不悲哀。叹气可以重新调整呼吸系统,很可能露丝一直屏着呼吸,她比表面上看起来要紧张得多。叹气是面临困难时的一种情感反应。

我知道她在想着她的仇敌,因为她曾将他们列成了一份名单。或许我也在这个名单上?

让人惊讶的是,母亲说话的声音很冷静,语气也很友善。

"我的头号仇敌当然要数我的父母了。他们不喜欢外国人,于是我就嫁了个希腊男人。"

戈麦斯笑了笑,他的嘴唇被章鱼的墨汁染成了黑色。

他示意母亲继续说下去。

"握着照看他们的护士那黝黑的手,我的父母咽下了最后一口气。现在责怪他们似乎有点没礼貌。不过,我还是要这么做。生活在另一个世界的父亲母亲,你们去世那天,是医院的员工一直陪在你们身边。记得提醒我该怎样拼写他们的名字。"

戈麦斯将餐刀和餐叉放到盘子的边缘。"你说的是你们英国的国民医疗保障制度。但我注意到，你们选择了一些民营医疗机构？"

"是的，我有点不好意思。索菲亚查询到了你的诊所，鼓励我来试一试。我们已经走投无路了。是不是，菲亚[1]？"

我注视着广场上逐渐充满气的塑料艇。它是蓝色的，侧面有黄色的条纹。

"所以，你确实嫁给了一个希腊男人？"

"当然，为了生孩子，我们足足等了十一年，后来我终于怀上了。女儿五岁那年，我的丈夫克里斯托受上帝的召唤，在雅典找了个更年轻的女人。"

"我个人是信仰天主教的。"

戈麦斯往嘴里送了更多长得像外星生物的章鱼。"顺便一提，帕帕斯特吉亚迪斯夫人，你把戈麦诗读成了戈麦斯。"

"我尊重你的信仰，戈麦诗先生。希望你到了天堂之后，天国之门上挂着章鱼做的门帘，它们正等着成为你的欢迎晚餐。"

他似乎对她泼过来的冷水照单全收，也全然没有了他们初次相见时那种责怪的语气。她的眼睛不再发红，左脸的肿

---

[1] 菲亚以及下文出现的索菲亚都为索菲亚的昵称。

块也已经消退。"那我可还要等好久。"

戈麦斯将上衣口袋里折成圆角的丝绸手帕递给她。"或许，上帝和行走也是你的敌人？"

露丝用手帕擦了擦眼睛。"行走并不是我的敌人，外出行走才是。"

我注视着地上的烟头，心里一阵酸楚，保持沉默反而是一种解脱。

戈麦斯显得温柔又坚决。"名字的问题确实很棘手啊。"他念的棘手（tricky）一词又与'wee-fee'押了韵。"其实我有两个姓氏。戈麦斯本是我父亲的名字，我的姓氏则是母亲的名字，即卢卡斯。我给自己取了个短名，但我的正式名字是戈麦斯·卢卡斯。你女儿叫你露丝，但你的正式称谓应该是妈妈。这样难道不是很不方便吗？一会儿是露丝，一会儿是帕帕斯特吉亚迪斯夫人，一会儿又是妈妈。"

"你说的这些话真让人伤感。"露丝答道，死死地攥着手帕。

这时，我的手机响了。

你的车到了

停在垃圾桶附近

速来拿钥匙

英格丽德

我轻声对戈麦斯说，租的车已经到了，我得先走了。他的注意力全在露丝身上，完全没有理会我。我竟突然有些嫉妒，好像我失去了某种一开始就不属于我的关注一样。

这个停车场位于海滩后一块干燥的灌木丛中，村子里的人都把垃圾倒在这里。腐烂的三文鱼、鸡骨头和蔬果皮堆满了垃圾桶，散发着臭味。我穿过一群苍蝇时，脚步停了一下，听了听苍蝇的嗡嗡声。

"佐菲！快跑，站在那儿简直要热死。"

这些苍蝇的翅膀结构精巧，又显得油腻腻的。

"佐菲！"

我闻声便向英格丽德·鲍尔跑去。

随后我放慢了脚步。

一只苍蝇停在我手上。我一巴掌拍死了它，心里没有一丝不安。

我许了个愿。

让我惊讶的是，许愿时我说的竟然是希腊语。

英格丽德靠在一辆红色的轿车上。车门开着，一个三十出头的男子正坐在驾驶座上，他大概就是马修。乍一看，他好像正直愣愣地盯着镜子里的自己。我走近一看，原来他拿着个电动剃须刀在刮胡子。

英格丽德的脚上有什么东西闪闪发亮。她穿着那双银色罗马凉鞋，鞋带交叉成十字一直延伸到小腿，看起来像穿戴了什么宝物一样。在古罗马，战士的靴子或凉鞋的带子系得越高，表示他们的等级就越高。

站在停车场的灰尘和灌木丛中，英格丽德看起来就像一位在罗马斗兽场上搏斗的角斗士。要吸光敌人的血，场内就得铺上沙子。

"这是我男朋友，马修。"她凉丝丝的手抓住我汗湿的手，几乎是把我推搡着赶进了车里，我一下子坐到马修的身上，还把他手里的剃须刀给碰掉了。挡风玻璃上的贴纸写着"欧洲汽车租赁"几个字。

"嘿，英格，悠着点。"

马修的头发和英格丽德一样，都是金色的。他的头发刚好到下巴，下巴上还沾满了剃须泡沫。我坐在他的大腿上，我们两个不得不用力挣开彼此。与此同时，他的剃须刀在汽车的地毯上呲呲作响。等我重新爬出车外，垃圾桶里腐烂的恶臭再次袭来。我的手撞到了方向盘，之前的蜇伤又开始一阵阵地刺痛。

"老天，"马修瞪着英格丽德，"你今天是怎么了？"

马修拿起剃须刀，走出车子。他关好剃须刀，让英格丽德拿着它，将自己的白色 T 恤塞进米色卡其裤中。他和我握手。"嘿，索菲。"

我感谢他帮我取车。

"不用客气。一个和我一起打高尔夫的同事载了我一程，这样我女朋友也可以在里面睡一会儿。"他用手臂搂着英格丽德的肩膀。即便英格丽德穿了双平底凉鞋，还是比他高了两个头。

他半边下巴还沾着泡沫，看起来就像某个部落的标志。

"索菲，你说这鬼天气是怎么回事？"

英格丽德将他的手臂推开，指着那辆欧洲汽车租赁公司的汽车。"喜不喜欢，佐菲？这是辆雪铁龙贝凌格。"

"嗯，但颜色我有些拿不准。"

英格丽德知道我不会开车，我不明白她为什么要如此大费周章地来取这辆车。

"想不想到我们家尝尝我做的柠檬水？"

"我倒是想，可是不行。我正和我母亲还有她的医生在广场上吃午餐呢。"

"那好吧。那么海滩上再见喽？"

马修突然变得精神百倍且十分友善。"等我剃完胡子就把车锁上，然后把钥匙和资料放到你的桌上。顺便问一下，他们为什么不给你们租一辆自动挡的车呢？我的意思是，她不是不能走路吗？"

英格丽德看起来有些恼怒，但我不知道为什么。她像开玩笑般用她银色凉鞋的鞋底踢了踢马修的膝盖，马修则顺势抓住她的腿，然后跪在地上，吻了吻她十字鞋带间露出的被晒黑的小腿。

我回到广场，露丝和戈麦斯似乎相处得还算和谐。他们很专注地交谈着，完全没注意我已经回到了餐桌边。我不得不承认露丝看起来很兴奋，她面色泛红，显得有些轻佻，甚至在太阳底下脱掉了鞋子，赤脚坐着。我花了一个小时才解开鞋带的鞋子被抛在了一边。我突然想起她已经一个人睡了几十年。五六岁时，每当父亲不在家，我就会时不时爬上母亲的床，和她一起睡觉，到现在我都记得那种不适感。她搂着我，让我的身体蜷曲着，好像要把她正在成长的孩子挤回子宫里去，就像飞机起飞后滑轮会折叠收回机身那样。她正在谈论那三种戈麦斯建议不要吃的药，她说自己来西班牙治腿就像是在哭着要月亮。我想她这句话的意思是，我们在寻求超出自己范围的治疗。

如果我能以某种特定的方式看她一眼，把她变成石头，我一定会这么做的。准确地说，不是把她变成石头，而是把她口中关于过敏、头晕、心悸和等着副作用产生的那些言语变成石头，将它们彻底消灭。

那个留着莫西干头的瘦男孩还在给他的塑料艇充气。他弟弟拿着船桨，兄弟俩聊得热火朝天，他妹妹则在一旁用光脚丫戳着那条蓝色的塑料充气艇。他们对于乘坐新船出海冒险都表现得十分兴奋，这确实是件该为之兴奋的事。这一截然不同的副作用才是值得等待的。

戈麦斯的嘴唇因为蘸着酱吃的章鱼而变得乌黑。"所以，你看，露丝，我用章鱼把大海带到了你的面前，而你幸存了下来。"

露丝听到后笑了起来，看起来容光焕发。"我看我此行等于被抢劫了，戈麦诗先生。我本可以花不到一百英镑去德文郡看病，还可以坐在海边，在腿上放一包小饼干，边吃边逗狗。你比德文郡那边贵太多了，老实说，我很失望。"

"失望可不是好事啊，"他赞同道，"我十分同情你。"

露丝朝服务员挥了挥手，点了一大杯里奥哈葡萄酒。

戈麦斯瞥了我一眼，看得出他因为酒有些恼火。餐桌不太稳，整个午餐期间都摇摇晃晃的。他从兜里掏出一本处方簿，从上面撕下五张纸并把它们折成方形。"索菲亚，帮我把桌子抬起来一下，我好把这个垫到桌腿下面。"

我站起来，抓住靠我这侧的桌子边缘。这桌子虽是塑料制品，却重得惊人。我费了好大的劲才把它抬起来一厘米，戈麦斯趁机将纸塞到了下面。

露丝突然跳了起来。"那只猫抓我！"

我朝刚刚放稳的桌子下看去，一只猫正坐在她的左脚上。

戈麦斯拉了拉他左耳耳垂。我感觉他在用大脑记笔记，就像我一生都在做的那样。如果她的左腿没有任何知觉，那么她一定是臆想出了一些爪子在挠她的脚。

戈麦斯就像夏洛克，我就像华生，或者应该反过来，因为在这方面我更有经验。他招来村庄里的猫加入我们的午餐，借此测试母亲表现出的双腿麻木是否属实，我看出了他的用意。当我再次往桌下看时，我发现她的脚踝上有一小块血迹。毫无疑问，她的确感觉到了那只抓破她皮肤的爪子。

现在我明白为什么他允许她驾驶租来的车了。

有人在我们的餐桌旁徘徊。是马修，他站在母亲身后，胡须剃得干干净净。"打扰一下。"他边对露丝说话边倾身越过她，把车钥匙和一个紫色的塑料文件夹递给我。"所有的资料都在这里面。"

"你是谁？"露丝一脸困惑。

"我是您女儿的朋友英格丽德的男友，她告诉我您需要一辆车，所以我今天早上将租的车给你开了过来。这车子开起来相当平稳。"他瞟了眼一只正在咀嚼章鱼触须的猫，皱了皱眉头。"您应该知道吧，这些流浪猫身上携带着数不清的病菌。"

露丝脸上的红晕褪去，轻轻点头表示赞同。"索菲亚，你怎么认识这个人的？"

我被禁止说话，所以只能一声不吭。

我是如何认识马修的？

我在海滩上，马蒂，你能听到海的声音吗？

我在海滩上，马蒂，你能听到海的声音吗？

我没必要担心，因为戈麦斯马上掌控了局面。

他正式地感谢了马修将车送来，还提到希望阳光护士小姐已经把保险事宜处理妥当了。马修表示一切都已妥当，并且能和好心载他一程的同事在诊所"不可思议"的花园里游览一番是他的荣幸。他正要继续说下去，母亲拍了下他的胳膊，打断了他。

"马修，我还需要一些帮助。请送我回家，我现在需要休息。"

"啊，"戈麦斯说道，"你当然可以躺在床上休息！可为什么呢？你又没有从早到晚挥镐凿鹅卵石。"

露丝又拍了下马修的胳膊。"你看，我没法走动，刚刚还被一只猫给抓了。如果你能扶我一下，那真是十分感激。"

"没问题，"马修笑着说，"但我得先把这些脏兮兮的猫赶走。"

他穿着双色粗革皮鞋的脚在水泥地上重重跺了几下，卷曲的头发让他看起来像个大发雷霆的矮个欧洲王子。除了一只胆大的公猫，其他猫都跑了。于是他在广场上来来回回追赶那只猫。待他赶跑那只猫后，母亲已经穿上了鞋子，他向她挥手示意。

马修站在离我们餐桌约四米开外的地方，但他不知道露

74

丝走过去够到他的手要用多长时间。她朝他走去，步履蹒跚，其间他瞥了腕上的手表两次。亲眼看着她艰难地朝一个一开始就不期望她出现的男人走去，这真让人痛苦。最后她终于碰到了他的手。

"好好休息，帕帕斯特吉亚迪斯夫人。"戈麦斯举起手，两根手指朝她挥了挥。

露丝最后转身看了一眼戈麦斯，震惊地发现他正在喝她剩下的汤。

过了会儿，他对我从头到尾缄默不语的表现表示称赞："你没有替你妈妈说话，真了不起。"

我依旧沉默不语。

"你会发现当生气或是受委屈时，她是可以走路的。"

"是的，有时她的确可以走路。"

"我会让工作人员对她进行各类检查，看她的骨骼是否健康，尤其是脊柱、臀部和前臂。我发现在来餐馆的路上，她被绊倒后没有出现扭伤或骨折的情况，但这只能说明她尚未患上骨质疏松。我真正关注的是她为什么如此强烈地抗拒走路。我不保证我能帮得上她。"

我想恳求他不要放弃对母亲的治疗，但是我依旧没有作声。

"我问你，索菲亚·伊琳娜，你父亲去哪了？"

"在雅典。"我的声音有些嘶哑。

"你有他的照片吗？"

"没有。"

"为什么会没有？"

我没开口，声音就像被赶走的猫一样不见了。

戈麦斯往一个杯子里倒了些水递给我，就是那在米兰灌装却不知怎么又跟新加坡扯上关系的水。我啜了一小口，清了清嗓子。

"我父亲和他的女朋友结婚了，而且已经生了个女孩。"

"所以你在雅典有个从未见过的妹妹？"

我告诉他我已经有十一年没见过父亲了。

他似乎很想向我保证，如果我想去拜访父亲，他会安排员工轮流值班，照顾露丝的每日起居。

"希望你不要介意我的话，索菲亚·伊琳娜，作为一个年轻健康的女性，你有些孱弱。有时你就像被你母亲的情绪波动感染了一样，毫无生气。你完全有充足的体力。这张桌子其实并没有那么重，但你将它抬起来却很吃力。我倒不觉得你需要加强锻炼。这与锻炼无关，而是要你多些决心，少些冷漠。为什么不去市场上偷条鱼来壮壮胆呢？不一定是最大的那条，但也决不能是最小的。"

"我为什么一定要大胆一些呢？"

"这只能由你自己来回答了。"他的语气镇静、令人安心，又带着严肃，想来他可能有些生气了。"现在我必须得跟你聊一聊其他事情了。"戈麦斯似乎真的有些恼怒。

他告诉我，今天早上有人在他诊所的墙上用蓝色油漆写了个大大的"**庸医**"（QUACK）。这表明他是个江湖郎中、骗子，是一个靠不住的医生。他认为有可能是我某个到诊所取车的朋友干的，极有可能就是那个叫马修的男人。阳光护士把资料和钥匙交给了他，在他离开后不久，他们就在大理石穹顶的右侧发现了这个词。

"他为什么这样做？"

戈麦斯在外衣口袋里翻找手帕，却没找到。他只能用手背擦了擦嘴，又用纸巾擦了擦手。"我了解到他常和一家制药公司的主管打高尔夫，而这家公司和我有多年的过节。他们提出为我在诊所的研究提供资助，作为回报，希望我购买他们的药品并开给我的病人。"

看得出，戈麦斯很痛苦。过了一会儿，他合上焦虑过度的眼睛，把手放在了膝盖上。"我的员工会把大理石外墙上的涂鸦处理掉，可我相信的确有人心怀不轨，想要败坏我的名声。"

那个留着莫西干头的男孩和他的妹妹正拖着充好气的蓝色小艇穿过广场，向海滩走去。他们的弟弟拿着船桨跟在后面。

戈麦斯是庸医吗？露丝早就这样说过了。

我已经不在乎支付给他的那东拼西凑来的两万五千欧元

血汗钱了。我的房子他也可以尽管拿走。就算他杀死一只鹿，用它的内脏为我母亲治病，我仍会感激不尽。母亲认为她的身体受到了某种邪恶力量的摧残，我付钱给戈麦斯可不是为了让他俩合谋，照她的意愿来扭曲事实的。

那天晚上我在村庄里闲逛，走到半山腰时，看见一座房屋外面的灌木丛中长着茉莉花，就顺手摘了两枝。一艘蓝色的划艇停在房屋的院子里，船的一侧写着"安吉利塔"。我用手指将柔弱的茉莉花瓣碾碎，飘散的花香让人着迷。沙漠中茉莉花架成的拱门就是一个让人迷醉的地方，我闭上了双眼。当我再次睁开眼睛时，看到马修和英格丽德正朝山上的二手店走去。英格丽德朝我跑来，吻了吻我的脸颊。

"我们去店里拿我的缝纫工具。"她说。

她穿着一件橘色的连衣裙，领口四周缝着羽毛，脚上的露趾凉鞋跟她的衣服很配。

马修追上了她。

"英格的衣服是她自己缝的。我认为她拿到的报酬有点少。我打算和她老板谈谈给她涨工资的事。"他把头发捋到耳朵后面。英格丽德戳了一下他的手臂，他大笑起来。"你可千万别惹英格生气，她发火时就是个疯子。在柏林的时候，她一周要上三次拳击课，千万别惹毛她。"

他走到二手店女店主跟前，为她点了支烟，转过身背对着我们。

英格丽德伸出手来，抚摸我的头发。"你有一缕头发打结了。我最近在用一种叫法式结粒绣的针法绣两条裙子，线得绕针头两次。等这个完工，我也要给你缝点东西。"

我把茉莉花伸到她鼻子下，她衣领上的羽毛在颈间微微颤动。

一辆载着两个年轻小伙子的摩托车从我们身边呼啸而过。

"我觉得这些花是你为我而摘的，佐菲。"

汽油的味道混着茉莉花的香气，让我有些头晕。

"是的，这些花就是为你摘的。"

我站到她身后，把花瓣偷偷塞进她的发辫中。她的脖子柔软而温暖。

她转过身来面对我，双眼的瞳孔又大又黑，像远处的海，波光粼粼。

病历

露丝一丝不挂地站着洗澡。她的胸部下垂,小腹上的肉堆了一层又一层,皮肤苍白柔滑,金银相间的头发湿漉漉的,双眼明亮。她喜欢温热的水打在身上的感觉。她的身体。她的身体想要什么?又应该取悦谁呢?她的身体是丑陋的吗?又或是其他的什么东西呢?她正在等待因未服用那三种从她药单上删去的药物而产生的戒断症状,但直到现在,相应的症状都未出现。可她仍执着地等待着它们,就像等待爱人一样,紧张而又兴奋。如果它们没有出现,她会不会很失望呢?

今天,朱莉塔·戈麦斯要给露丝的身体做个病历记录,我也要陪在一旁。那么,病历该从哪里开始呢?

"从家族开始,"朱莉塔·戈麦斯说,"家族病史。"她今天穿了双运动鞋,没有穿那双鸽子灰高跟鞋。她把薄薄的雪纺衬衫扎进剪裁讲究的裤子里,裤子紧贴着她的臀部。她扶着露丝走到理疗室的椅子旁,与露丝相对而坐。"你准备好从头说起了吗？"

露丝点头，朱莉塔摆弄着放在她们中间的桌子上的一个小而光滑的黑盒子。她让母亲放心，这个设备是给诊所里所有录音文件存档用的，是保密的。音量已调好。显然，很快她们就会忘记谈话正在被录音这件事。

朱莉塔先开口，陈述了一些事实。她记录下日期、时间，还有母亲的名字、年龄、体重和身高。

我不安地坐在理疗室的角落里，膝上放着笔记本，以一种无比奇怪的方式漂浮在时间之外。安排我坐在那里旁听似乎不太合适，甚至有违道德，但我答应了戈麦斯的要求，周二参与治疗后我便可以自由活动。倾听母亲的谈话成了我获得自由的条件。

母亲开始说话了。

她的父亲性情有些问题，常让人怀疑他精力过盛，或者有躁狂症。他每天只需要两个小时的睡眠。她的母亲深受折磨，甚至让人以为她患上了抑郁症，而她每天需要二十三个小时的睡眠。这些事我都知道，但我不想和它们沾边。我戴上耳机，然后在装着我全部生活但屏幕破碎的电脑上浏览视频网站。那张繁星满天的电子屏保后（照片摄于上海郊区某个工厂）藏着我的一部分生活——我那被遗弃的博士学位论文。

时不时地，我会摘下耳机。

母亲正在讲述自己的病史。该从何谈起呢？它随着时间而变动，与过去、童年创伤及其他的一切融合到一起，并没有先后顺序。朱莉塔不得不之后再将露丝的话转录下来，重新编写她的病历。我接受过类似的训练，只不过我不是理疗师，而是一个民族志学者。到了某个阶段，朱莉塔需要描述那些直接导致病患来诊所就医的病症。这样的病症不止一两个，我偶然听到她提到了二十多个，事实上肯定不止这些。在这些病症里，过去、现在和未来都暴露了出来。

露丝的嘴翕动着，朱莉塔在认真聆听，而我根本没在听。我按要求出现在她们的谈话现场，可我的心思却在别处。我在看大卫·鲍伊① 一九七二年的演唱会视频，他正在唱的时候，视频卡住了。他的头发红得像血橙，衬衫在暗处闪闪发光，让人不禁联想到太空旅行，高高的厚底演出鞋让他的双脚离开地面。鲍伊画着眼影的眼睑就像蓝色的太空船。台下的女孩尖叫着、哭泣着，伸出她们的手想要触摸舞台上那个昂首阔步的太空怪人。他是个怪人，就跟美杜莎一样。这些女孩们野性十足、生气勃勃、激动不已。我们都被困在了地球上。

如果我在现场，我会是那个叫得最大声的人。

---

① 大卫·鲍伊（David Bowie，1947—2016），英国知名摇滚歌手、演员，1969年推出以宇航员和太空飞船为主题的专辑《太空怪人》，淋漓尽致地展现了人类对于未知饱含恐惧与渴求的复杂情感。

我现在也是那个叫得最大声的人。

我希望摆脱捆绑住我的亲属关系。搅乱这个别人眼中的我。将故事颠倒过来。

露丝咳了起来。每当她要透露什么尴尬而私密的事时，她就会咳嗽，这已经成了惯例。咳嗽似乎成了她打开记忆库的塞子。她正在讲述她的病史。有时我能听到零星的几个句子，我对朱莉塔·戈麦斯的采访风格感兴趣起来。人类学家可能称其为"深度采访"，我母亲则是那个"知情者"。我注意到，她只提了极少的问题，但母亲却情绪高涨。我真希望自己不在场。朱莉塔显得很放松，却时刻保持着警觉。她似乎从不刺探或强迫母亲，冷场时也不会急着开口。我听过一些录音带，有些采访者对"知情者"的故事打探得太过深入，导致他们闭口不谈，可我母亲却滔滔不绝。把此刻的对话称作"物理疗法"似乎不太准确。可能露丝的记忆被储存在她的骨头里。难道这就是骨头在人类历史初期被用作占卜工具的原因？

母亲相当鄙视她的身体。"他们就应该切掉我的脚趾。"她说。

朱莉塔结束了第一次病历记录，这会儿正扶着母亲站起来。"动一下你的左脚。"

"不行，动不了。"

"你应该做一些负重运动来增强力量和耐力。"

"我的整个人生都与耐力有关,阳光护士。还记得吗?我的头号仇敌就是耐力。"

"耐力用英语怎么拼?"

露丝告诉了她。

朱莉塔正双手托住露丝的下巴,左右调整她的头。

露丝则在找她的轮椅,可它似乎从房间里消失了。

"怎么动都很痛。我还不如不要这双没用的腿。那样就解脱了。"

朱莉塔看着我。她的睫毛上刷了很多睫毛膏,看起来像一根根的刺。"我认为露丝站不直是因为她站直后会显得太高了。"

"不是的,我痛恨这双腿。"母亲冲她吼道。

朱莉塔领着她坐回轮椅。这个轮椅不知怎么又出现了,由一个门卫推进来,他刚才还把报纸放在扶手上准备看呢。报纸的头版印着一张希腊总理齐普拉斯的照片。我注意到他的下唇长了个疱疹。

"我只想把脚割下来。"母亲告诉朱莉塔。

作为回应,朱莉塔用穿着运动鞋的左脚踢了下轮椅。

"你到底想说什么呢,露丝?"

母亲开始转动肩膀,由前往后画着圈,像在为摔跤比赛热身。"没什么。"

朱莉塔脸色苍白,看起来已经筋疲力尽了。她朝我走了过来，给我一张像名片一样的东西。"乐意的话，到我的工作室来看看吧。我住在卡沃内拉斯。"

我有些疑惑不解，这时戈麦斯走进了房间，后面跟着他那只白色的猫霍多。他头发的白色纹理与霍多身上的白色绒毛很相配。霍多圆嘟嘟的，很乖巧，在戈麦斯的脚前发出呼噜呼噜的声音。

"你的物理疗法进行得怎样，帕帕斯特吉亚迪斯夫人？"

"请叫我露丝。"

"啊，好的。别管那些繁文缛节了。"

"戈麦斯先生，要是你健忘的话，就把该记的东西写在手背上。"

"我会的。"他回答。

朱莉塔告诉父亲她已经完成了首次病历记录，现在很累，想要休息二十分钟，喝杯咖啡，吃些点心。戈麦斯抬起手整理了一下他的白条纹西装。"美好的一天才刚刚开始，怎么会累呢？这是不可能的，阳光护士。年轻人是不会休息的，他们和灯塔看守人一样彻夜不眠，直待黎明到来。"

他要求她背诵希波克拉底誓言的相关片段给他听。她走到录音设备前，关掉了它。"我愿尽余之能力与判断力所及，遵守为病患谋利益之信条，并检束一切堕落及害人行为。"她机械地说道。

"很好。年轻人如果觉得累，就一定要改善生活习惯。"

戈麦斯这么做好像是在惩罚朱莉塔。难道他刚刚看见了女儿往轮椅上踢的那一脚？戈麦斯的注意力全在母亲身上。他正在给母亲把脉，从远处看，这动作颇为亲密，就像彼此牵着手。他声音温柔，甚至有点轻浮。"我注意到你好像还没用你的车，露丝？"

"是的。我得先练习一下，才能载着索菲亚行驶在这些山路上。"

戈麦斯的手指轻压在母亲的手腕上。他们保持着静止，却又身处运动之中，像片叶子，像溪水里的一块石头。

"看到没，索菲亚·伊琳娜，帕帕斯特吉亚迪斯夫人很在乎你的安全。"

"我女儿在浪费她的生命，"露丝答道，"索菲亚长胖了，变懒了。我一大把年纪了，她还要依赖我。"

事实的确如此，我一直时胖时瘦。母亲的话是我的镜子，我的笔记本电脑则是我的遮盖布，我一直生活在这块布后面。

我把电脑夹在腋下，走出了理疗室。霍多跟了我一会儿，它的爪子柔软无声，不一会儿就消失了。我一定是在某个转弯处走错了，在奶白色的大理石廊道里迷了路。布满纹理的墙和地板似乎接连不断地向我逼近，我感到了窒息。鞋跟撞击在大理石地板上的回声让我想起第一次来到诊所，朱莉塔逃离她父亲时高跟鞋敲击在地板上那被放大了的回声。现在，我在逃离我的母亲。最后，我终于找到了一个玻璃门出口，站在多肉植物和含羞树丛中，呼吸着山间的空气，总算松了口气。

远处的山脚下就是大海，一面黄色的旗子插在海滩粗粝的沙子中，如阴森的鬼影。美杜莎的病史从何处开始，又到哪里结束呢？当发现自己不再因美貌受到世人景仰的时候，她是否感到震惊、恐慌、悲痛欲绝？她会认为自己不再是女性吗？她会走进标着"Ladies/Femmes/Señoras"的洗手间，还是写着"Gentlemen/Hommes/Caballeros"的洗手间？我开始好奇，她变成怪物后，是不是拥有了更多的力量？我总是想要博得所有人的欢心，这对我的人生又起到了什么作用呢？我不也只是像现在这样，站在这里，绞着双手。

突然，一波细沙袭击了我的脸颊，就像天空开了一道口，下起了沙子。霍多的白色绒毛从我眼前一闪而过，它躲到一株伞状多肉植物下，藏在银色的叶子后。一个身着工装、戴着防护镜的男清洁工正对着诊所出口旁的墙壁喷水。过了一会儿，我才意识到，水管里喷出的不是水，而是砂料。他在给墙做喷砂处理。我走上前去，看到墙上用蓝色颜料喷绘的大字。那几个字已褪色，很明显这位清洁工已经不止一次试图将这几个字清除掉了。这是不是前几天戈麦斯提到的涂鸦呢？但这墙上写的并不是"**庸医**"。虽然清洁工为清除这几个字耗了不少精力，可还是能清晰地看出字的轮廓。显然，戈麦斯想要向我表明，他知道母亲认为他是个庸医，而且似乎把这样的想法转变为行动，对他的诊所墙壁实施了犯罪。但眼前的蓝色涂鸦并不只是一个词。

而是一句话。

阳光很性感

有时，她戴着一顶墨西哥宽檐帽，四处游荡。没有人帮她的小船划桨，送她到小小的港湾。没有人听她说"水清澈又明亮，哇，要潜下去抓海星"。我注意到，她用两张信用卡度日。或许我应该借点钱给她？

狩猎与集会

"你为什么想置一只蜥蜴于死地呢？"

英格丽德蹲在一条小巷里，旁边是一位罗马尼亚出租车司机开的比萨店。一开始我不知道她在做什么，随后我看见她拿着一副迷你弓箭，只有她的手掌大小。她拉弓搭箭，瞄准了一只刚从墙缝里跑出来的蜥蜴。结果箭射到了墙上，掉在地上。

"佐菲！你的影子让我分心了。我一般都能射中目标的。"她捡起那支一头削得尖尖的、铅笔大小的箭，向我展示那个绷着尼龙线的小弯弓。

"这是我用竹子自己做的。"

"你为什么要杀一只蜥蜴呢？"

她戳了戳我留在墙边的白纸板盒子。

"好像我总是在做一些令你吃惊的事，佐菲。你这个盒子里装的什么？"

"一个比萨饼。"

"什么口味？"

"玛格丽特，奶酪加量。"

"你应该多吃点沙拉。"

英格丽德的长发盘在头顶上。她穿着白色棉质连衣裙，肩带交叉成十字，看起来像一尊雕像，很强壮。她的脚上还穿着一双白色橡胶底帆布鞋。当那只蜥蜴从墙缝里再次跑出来时，她示意我让开。蜥蜴长着一条绿色的尾巴，背上有一圈圈蓝色的花纹。

"快让开！快走，佐菲，我现在正忙。你有没有放掉巴勃罗的狗？"

"没有。今天早上巴勃罗解雇了一个墨西哥油漆匠。他还欠对方钱呢。"

"那油漆匠永远也别想拿到报酬了，佐菲。你该学学我们这位蜥蜴朋友，脸皮厚一些。"

我问她我能不能给她和她的弓箭拍一张照片。

"尽管拍。"

我拿出我的苹果手机，对准她的脑袋。

英格丽德·鲍尔是谁？

她的信仰是什么？她需不需要履行什么特别的仪式？经济独立了吗？月经期间有什么习惯吗？她如何打发冬天？她如何看待乞丐？她相信自己有灵魂吗？如果相信，那么她的灵魂有什么象征吗？比如一只鸟或一头老虎？她手机里有安装打车软件吗？她的嘴唇很柔软。

我点了延时拍摄图标，又点了慢动作图标，最后才开始拍照。透过镜头，我看见她打开了盒子，取出比萨。她对着凝固的橘色奶酪皱了皱眉头，把它扔到了地上。

"我宁愿吃那只蜥蜴。你拍完了吗？"

"拍完了。"

"你拍这些照片干什么？"

"我会牢记和你一起在阿尔梅里亚的这个八月。"

"记忆是一颗炸弹。"

"是吗？"

"是的。"

"抓到蜥蜴后你要怎么处理它？"

"研究它的斑纹构造，这些斑纹给我带来很多刺绣的灵感。它很快又会爬出来的。快走开！走开！"

我还是站在那儿一动不动。她穿着那双白色的橡胶底帆布鞋朝我跑来，看起来像是要教训我。可她的双手却拦腰将我抱起，举过头顶。然后她放下我，一只手圈住我裙子的下摆。我能感觉到她在颤抖，就像花朵从墙后的蓝花楹树上簌簌飘落下来。

"你是个怪物，佐菲！"她放开我，踢开了挡在她面前的比萨盒子。"去研究研究石器时代的某个村落遗址或别的什么吧。你难道没有事情可做吗？"

我的确有事可做。我正在研究英格丽德·鲍尔的弓箭，它在我的心中不断膨胀，变成了可以捕杀猎物的武器。这把弓状如嘴唇，箭矢锋利。为什么在英格丽德眼中我是个怪物呢？她将我看作某种动物，她的动物。她锋利的箭头瞄准了我的心脏。

我感觉身体十分轻盈，像一支离弦之箭。

下午晚些时候，海滩上空无一人。我扎进波光粼粼的温暖海水里，海面上终于不再挤满汽艇和塑料船。我告诉自己要游向北非。越过地平线，它的轮廓隐约可见。游向一个完全不同的国度，只是为了伸展我的身体，瞄准一个永远无法抵达的地方。我越游越远，海水变得越来越清亮。约莫三十分钟后，我顶着烈日，仰面浮在海面上。嘴唇难挨咸盐和酷热的折磨，又一次龟裂开来。

我已远离海岸，但还不至于迷路。我必须回家，却没有一个真正属于我的地方。我没有工作，没有钱，也没有人爱我。我翻过身来，看见一只只水母在水中游动，像太空飞船一样，缓慢而静谧，精致又危险。水母又一次攻击了我，我感到左肩下方一阵火辣辣的刺痛，便立刻往岸边游去。我被蜇伤多次，那感觉就像被活剥了一般。我跛着脚，在沙滩上一步步艰难地往紧急救援站走去，那个留胡子的学生似乎早已料到我会来，正拿着他特制的药膏等着我。我转过身，给他看我的肩膀，只听见他长吁短叹："真严重啊，不是一般的严重。"他站在我身后，用手指摸着我的伤口，虽然很痛，但他动作轻柔，把药膏打圈涂抹在我的伤口上，嘴里说着抚慰的话，像个母亲一样。或许吧，我也不是很确定。

"我看到你游了出去，你难道没看到那面旗子吗？"他提高了声音。"我当时喊了你，索菲亚。"

他记得我的名字。

"索菲亚·帕帕斯特吉亚迪斯。你还在呼吸吗？"

"不在。"

"旗子都升起来了，你还游到那么远的地方去，真是疯了。"

他这会儿已经是在吼了，像兄长，或是爱人，我不确定。某种奇异的感觉正在我体内酝酿，我想一把把他按到地上，跟他做爱。强烈的刺痛激起了我的欲望。潮水般汹涌的欲望。我竟然对一个陌生人产生了情欲，我被自己吓到了。

他抓住我的手，扶着我躺到一张矮桌上。我背上的蜇伤疼痛难忍，根本无法仰卧，只好面朝右侧躺着。他拿来一个垫子让我枕在头下，接着又把椅子拉近，坐在我旁边。他将胡子的动作让我意乱情迷，身上的刺痛进一步刺激着我。我听到了嗖嗖嗖的声音，他站了起来，从桶里舀水帮我清洗脚上的沙子。我想要他爬到桌子上，将我压在身下；我想像他的爱人那样，用双腿紧紧缠住他的腰；我想带给他快乐，让他惊叫，令整个紧急救援站崩塌。然而，他只是拿来一张表格让我填写。

姓名：

年龄：

国籍：

职业：

这一次，我只在职业那一栏写上"怪物"，其他都没填。他看了一眼表格，然后看向我。"你是位美丽的女士。"

那天晚上又潮又闷，没有一丝风。我难以入睡，肩膀、后背和大腿到处都是蜇伤，简直没有一处完好的皮肤。我把被子扔到地上，既虚弱又口渴难耐。我一定是出现了幻觉——我看到母亲站在床边，显得很高。这时，床单被人从地板上捡起，轻柔地裹在我的身上。我听见一个男人的声音，他用西班牙语在我耳边呢喃，让我去参观一下莫尔泰列娃·阿尔马德托巴的盐矿城镇，看一看普雷西拉斯海滩的棕榈树，爬一爬黑山。大概是那个紧急救援站的学生吧。两小时后，我在迷迷糊糊中闻到了马修的香水味。自从看到诊所墙上的涂鸦，他就在我的心头挥之不去。房间里还有其他人，隐藏在我看不见的地方，我听见了呼吸声。我又睡着了，再次醒来时，我看见一位金发女士，发梢卷曲，像一位老派电影明星。她穿着一件红色露背晚礼服，戴着手套的双手拿着一个瓶子。

"佐菲，让我看看你的新伤。"

我把 T 恤卷了起来。

"哎，可怜的女孩！海里的那些怪物可真邪恶，你简直就像卷入了一场战争。"

露丝的声音从隔壁的房间里传来。"索菲亚，家里好像有人。"

我把被子拉到头顶。

英格丽德又把它拉下来。"你有没有告诉过你母亲你从来不锁门？"

"没有。"

英格丽德摘下她右手的白手套。"我给你带了麦卢卡蜂蜜，对嘴唇龟裂很有效。"她把一只手指伸进瓶子里蘸了点蜂蜜涂在我的嘴唇上。"你晒得越来越黑了，佐菲。"

"我喜欢晒得黑一点。"

"你父亲在哪儿？"

"雅典。我又有了个妹妹。她三个月大了。"

"你有个妹妹？她叫什么名字？"

"我不知道。"

"我也有个妹妹。她住在杜尔塞多夫。"她深吸一口气，往我的伤口上吹了吹。"感觉舒服吗？"

"嗯。"

她告诉我她马上要参加二手店举办的三十年代主题派对。来自阿尔梅里亚的一支管弦乐队将会整晚演奏所有的老歌。她希望我能在病床上听到这些音乐，想着她。她也会摘下一些茉莉花，想着我。她用白色手套戳戳我的肩膀。"你喜欢这个蜂蜜的味道吗？"

"喜欢。"

她告诉我她知道所有三十年代的舞步，但相比之下，她更喜欢在山中策马疾驰，因为对精力旺盛的她而言，那些舞步太慢。"我可以和你一起躺一会儿吗，佐菲？"

"可以。"

"你真是个怪物。"她轻声说。

她弯下身子，舔掉我嘴唇上的蜂蜜。她站起身时，长裙下摆的褶皱轻触地板。她就这么一动不动地站了很久。

过了一会儿，我又开始感受到那种和她第一次见面时体会到的恐慌。我想让她离开，但不知如何开口。当我告诉她我要去给母亲倒点水时，她在黑暗中笑了起来。"希望我离开的话，干吗不直说呢？"

两只苍蝇围着我的嘴唇打转，我得更大胆一些。我不希望她潜伏在黑暗之中。对我而言，大声说出心里的话真的很难。

"你会到柏林去看我吗？"

"会的。"

她弯下腰，像守灵的送葬者那样神秘地对我低声耳语。她希望我陪她过圣诞节，她会给我买好机票。柏林的冬天很冷，我需要带上一件厚外套，她会驾马车载着我。那些马车是供游客使用的，但她也很喜欢，尤其在下雪的时候。马车游览会从勃兰登堡门开始，一直到查理检查站。她会拿一枝槲寄生放在我的头顶，而我会遵从这项仪式。她好像在暗示，将我引至她唇边的是槲寄生，而不是我的自由意志。

"你愿意跟我一起坐那愚蠢的马车吗？"

"愿意。"

"我可以这么晚来看你吗？"

"可以。"

"你为我们的相遇感到高兴吗，佐菲？"

"嗯。"

她走出我的房间，走出了那扇从不上锁的门。

大胆

当地的鱼市在一幢公寓楼的地下室里，隔壁就是那家罗马尼亚人开的比萨店。没有多少游客知道它，可当我走进鱼市，已经有一大群村妇在选购当天刚捕上来的鱼了。

戈麦斯曾建议我去偷条鱼锻炼勇气和决心。这当然是一种越界的行为，还十分异想天开，但我决定把它当作一项人类学实验来完成。我在谷歌上搜索怎样偷鱼，结果出来了九百多万个相关条目。

在我化身窃贼四处张望时，首先吸引我的是一条安康鱼，它有一张怪物般的脸，嘴巴大张，露出两排又尖又细的牙齿。我轻轻地将一根手指伸进它嘴里，像哥伦布发现了巴哈马群岛一样，我发现了一个完全未知的世界。收银员是个暴躁的女人，围着一条黄色的橡胶围裙，用西班牙语大喊着不能碰鱼。当我明白做小偷最重要的是神不知鬼不觉地消失在夜里，而不是葬身鱼口时，我已经暴露了自己。我肩上背了个篮子，它的皮带不断地摩擦我的蜇伤。现在这些蜇伤肿成了一条条交织凸起的疤痕，像一个浸泡了毒液、正在疯狂蔓延的网状文身。收银员此刻在用一个老式的铜秤称三条鲭鱼，可目光却一直游移于每个人之间，包括屋子里的罪犯。这些鱼就是她的全部生计，她卖掉海洋猎手们来之不易的收获，用以支付他们的酬劳。但眼下我顾不上这些了。

我又盯上了银色的沙丁鱼。偷条沙丁鱼可以说易如反掌，不过那样做的话，偷鱼这件事就完全成了一个象征性的举动，不值得我冒这个风险。来买鱼的妇女都围着秤摇头皱眉，似乎不相信秤上的东西会有这么重。她们偶尔会把我拉入她们的谈话中，那些鱼看起来小，称出来却这么重。她们摊着手，半是嘲弄半是无奈。

我又考虑了一下长着触须的浅灰色海螯虾。它们的眼珠往外凸起，像乌黑晶亮的小珠子。虽然虾在海洋里地位挺高，可偷它们并不能让我感觉更勇敢。我又看到冰层上躺着一条硕大的金枪鱼。如果偷它会怎样？我的篮子装不下它。那样的话，我就不得不用双手把它拿起来，紧紧抱在胸口，闭上眼睛跑回村里，然后等着看接下来会发生什么。金枪鱼可是鱼市里最珍贵的宝贝，堪称海洋翡翠。我的手不由地伸向它，却始终下不了决心。偷一条金枪鱼也太过大胆了，甚至可以用莽撞来形容。

英格玛的瑞士女朋友走了进来，一边走一边和人们打招呼，她是海滩上最贵的那家餐厅的主人。她穿着一双蓝绿色的麂皮鞋，鞋头缝了一串金铃铛，惹来连声夸赞。她年轻又富有，大家都知道她又要给自己的餐馆订购大量货物了。她穿着一条粉红色针织裙，描了粉色的唇线，嘴唇看上去只有一个轮廓。我不明白为什么有人会给嘴唇画个轮廓出来。她命令收银员舀出三只龙虾和那条安康鱼，再捞一条金枪鱼放到秤上。她弄出的声响太大了。可能她听不出自己的声音有多大，但我们都听到了。每走动一步，她鞋子上的铃铛就会叮当作响。她正在就金枪鱼讨价还价，在场的人都屏气细听，她吓唬收银员——餐馆本就盈利甚微，要是这里还没什么优惠，她完全可以从阿尔梅里亚订购所有的鱼。

很明显，提高嗓门会引来注意，还会令人生畏，可这样就能说她大胆吗？我要不要像她那样大胆呢？我想要证明的勇敢是什么样的呢？

我避开她的手肘，想更好地看一看那堆黏滑的章鱼，也就是戈麦斯那么享受的美味。偷章鱼或许要轻松得多，因为章鱼身体柔软，形状不定。我悄悄把篮子滑到大理石台面下，做好心理准备，要偷一条章鱼放进篮子里。但我还是停顿了一下。此刻我感受到的更多的是不安，而不是大胆。如果这条章鱼还活着，就会改变自己的身份，效仿起它的捕食者来，甚至还能模拟我们人类的皮肤颜色和纹理。章鱼在兴奋、羞耻或害怕时也会改变身体的颜色。它的肤色就是心情的晴雨表。它也会变成红色，就像我在被问到名字拼写时总会面红耳赤一样。我看见章鱼那睿智、毫无生气却奇异的眼睛，它的瞳孔已经扩张，我感到有些羞愧，只好移开目光，就在这时，我看到了我要抓的鱼。它直勾勾地看着我，眼里满含怒气。一条肥美而愤怒的剑鱼，我知道它注定是我的。

英格玛的朋友帮了我一个大忙，因为所有人的注意力都在她身上。在她的地盘上，她并不招人喜欢。她莽莽撞撞，与大胆毫不沾边。

为了偷到那条剑鱼，我必须战胜对事情可能败露的恐惧和羞愧。我放松肌肉，直到身体静止如一片树叶，或是静止如一片茶叶（在伦敦方言中，"茶叶"和"小偷"的俚语正好押韵）。我一步步靠近那条剑鱼，左手摸向海螯虾的价格牌来分散收银员对我右手的注意，同时右手悄悄把那条愤怒的剑鱼滑进篮子里。

据我所知，大多数政治家在施行他们的民主兼专政统治时，采取的就是这种模式。如果右手的实际目的被左手的掩护搞砸，只能说明他们的意图着实不够稳妥。有人撞到了我的背，差一点就碰到了我的蜇伤，但我毫不在意，径直走出了鱼市的大门。我注意到，自己未曾徘徊片刻，并产生了新的目标和意图。我的目标感占据了主导地位，其他所有感觉——嗅觉、视觉、味觉和听觉，都在那一刻关闭了。我只有一个念头，对其他正在发生的事都毫不在意。目标感需要你牺牲一些东西来获取另一些东西，但我不确定这样做是否值得。

我站在海滩公寓的厨房里，手抓住剑鱼的尾巴，目不转睛地瞪着它。它还是一副愤怒的模样，心态似乎没有丝毫变化。它很重，又肥又亮又光滑。这是条大鱼。我脱下鞋子，在地板上张开脚趾。潜水学校的狗哀嚎着，我感到重力死死地把我往下拽。我抓住鱼头，用一把钝刀刮掉鱼鳞。巴勃罗的狗像发狂一般，一声接一声地嚎叫着。我把鱼侧放着，从尾部把刀插进去，然后一直滑到头部。我身上来自塞萨洛尼基的希腊人的一面让我不用谷歌搜索就知道如何杀鱼。我剖开鱼肚，去掉滑腻的白色内脏。我来自古希腊的家人会在爱琴海的浅滩捕捉比目鱼。我来自约克郡的家人则会在码头上的渔夫那里买鱼。这些渔夫于北冰洋中幸存下来，然后又在码头上为了卖鱼顶着猛烈的海风等上数十个小时。

这条鱼流了好多血，我的双手鲜血淋漓。如果这时有人来敲门，索要他们被盗的货物，那我真是会被抓个现行。

那条可怜的牧羊犬开始了新一轮的嚎叫，它的情绪变化不定，简直要把我逼疯。我忍无可忍，扔下手里的刀，赤着双脚从沙滩上跑过，来到潜水学校门口，用布满水泡的手臂推开了门。

巴勃罗，巴勃罗，巴勃罗。他人在哪里？

巴勃罗伏在电脑前，手里拿着一杯苦艾酒。他是个肥胖的中年人，浓密而油腻的黑发梳到一边。他抬起棕色的睡眼看向我，被吓得往后缩了一下。

"把你的狗放了，巴勃罗。"

他的身后挂着一面镜子。镜子里的我脸上是一道道鲜红的血迹，头发上沾着一些鱼的内脏，我的头发因为每天游泳乱糟糟地缠成一团又一团。那面镜子的镜框装饰着贝壳和海星，我看起来就像从里面冒出来的某种海洋怪物。我又被自己吓了一跳，也把巴勃罗吓得不轻。

他挪了下椅子，像是要准备逃跑。可他改变了主意，又坐回椅子上，一只手举到眼前。他的小指上戴着一枚金戒指，手上的肉太多，戒指仿佛陷了进去。

"如果你不马上离开，我就只好报警了。"

那条狗又嚎叫起来，似乎在奋力地为自己争取自由，我费劲地听着巴勃罗的话，他似乎在说："这个村子里的警察可是我的大哥，邻村的警察是我的表哥，卡沃内拉斯的警察则是我最好的朋友。"

我抓住他那只金戒指已陷到肉里的手，用头顶住他的前额，而他的右手伸到了桌子下摸索着什么东西。也许他在找一个紧急按钮，以通知他那庞大的警察世家。他叫我不要挡路，他好上楼到屋顶去。

我往后退了一步。他是个大块头。为了保持平衡，我只好一只手扶着新粉刷的墙，给他让路。我在墙上留下一个鲜红的手印，又留下一个。潜水学校的墙开始变得像洞穴壁画。

巴勃罗一边用西班牙语大声咒骂我，一边走上楼梯，手里还拿着一根发臭的黄色骨头。原来这就是他刚刚在桌子下面摸索的东西。

现在，巴勃罗拿着骨头和他的狗一同待在屋顶露台上。他踢了一脚椅子，那条狗停止了狂吠，继而开始低吼。巴勃罗踢椅子的声音似乎带有镇静的功效。

我听见盆栽坠落并摔碎的声音。

潜水学校的接待室里很凉爽。巴勃罗桌子上有一盘正在燃烧的香茅油蚊香和一杯苦艾酒，旁边的电话铃铃作响，自动应答机回复了呼叫："我们精通德语、荷兰语、英语和西班牙语，能让潜水新手变身潜水大师。"

我拿起杯子，举到龟裂的嘴唇边，冷静地、慢慢地啜了一小口。一片静谧之中，我听到了海水的声音，就像把耳朵贴在海底那般真切。我能听见一切声音，从隆隆的船声到蜘蛛蟹在水草间爬动的声音。

单调与丰富

"佐菲！这将会是一场大屠杀！"

为了庆祝放生巴勃罗的狗，我打电话邀请英格丽德和我一起分享那条剑鱼。她答应我晚上九点过来。

我洗了个澡，涂了发油，然后走到广场，从开卡车的女人那里买了个西瓜，就是一开始被我当成男人的那个女人。她坐在驾驶座上，小孙子躺在她的腿上，他们正吃着灰紫色的无花果，黄昏的色泽。她让孙子给我挑了个瓜，接着将钱放入系在黑裙子腰间的棉质钱包里。她没穿凉鞋，而是把它们放在了卡车车厢门旁边。我注意到她右脚侧边的骨头像座小岛一样鼓了起来。她的胳膊黝黑而强壮，颧骨也被晒得黢黑。小孙子要重新爬回她腿上，她便挪动着肥硕的臀部给他腾地方。她的身体。她的身体将取悦谁？她的身体为何而存在？或者是其他的什么东西？她的身体是否丑陋？她用下巴

106

抵着男孩的头，静静地将一个无花果放进男孩手里。她是农民，也是经营小本生意的祖母，腰间的钱包紧紧地贴着子宫。

我已经开始烤起了剑鱼，门敞着，英格丽德·鲍尔没敲门便走了进来。她穿着银色短裤和银色罗马凉鞋，鞋带一直系到了膝盖下，脚趾甲也涂成了银色。我将她引至桌边，为了这顿晚餐，我特地把桌子搬到了阳台上。我甚至找了配套的餐具和红酒杯。冰箱里冰镇着一碗切好的薄荷配西瓜。这次我还做了奶酪蛋糕，是的，我终于做了索菲亚自制苦甜杏仁奶酪蛋糕，由意式杏仁饼、甜的苦杏仁酒和苦的酸橙皮混合而成。

这是大胆生活的开始。

我给英格丽德倒了红酒，但她想喝水。我总是为露丝备好足量的水，所以这不是问题。英格丽德要的也是这种水。她紧挨着我坐下。

然后又挨得更近一些。

"所以是你放走了那条狗吗？"

"是的。"

"你看它的眼睛了吗？"

"没有。"

"你给它喂肉了吗？"

"没有。"

"你只是放走了它？"

"其实是巴勃罗放走的。"

"狗很冷静，还舔了他的腿？"

"没有。"

我们都知道那天下午有人看到巴勃罗在村里遛狗。那是一场灾难。一位来自比利时的女子当时正在酒吧里等着找零，狗差点把她的手给咬下来。它不得不戴上口套，巴勃罗则一边大叫一边乱踢。他也需要戴个口套，但他由他的警察团保护着。

"恭喜你，佐菲！"

她送给我一份礼物，是一件黄色的真丝挂脖上衣。她说真丝材质能缓解水母蜇伤的刺痛。她指向上衣左边的角落，她在那儿用蓝色丝线绣上了我姓名的首字母缩写SP。SP下面绣着一个词，"挚爱"。

挚爱。

成为挚爱对我来说是陌生的。这件真丝小衫散发着她洗发水的味道，还混合着麦卢卡蜂蜜和胡椒的香气。我们俩都没提及"挚爱"这个词，但我们都知道它就在那里，是她一针一线绣上去的。她告诉过我，只要有合适的针，她可以在任何一种材料上刺绣，一只鞋、一条皮带，甚至是金属薄片或各种塑料制品，但她最喜欢的还是在真丝上刺绣。

"真丝是有生命的，就像鸟一样鲜活。我要用手里的针控制它，让它臣服于我。"

刺绣是她拼接事物的方式。将看似无法修复的东西补好，于她而言是一种乐趣。她经常借助放大镜缝补藏在丝织物里面的裂口。针是她思考的工具，她将脑海中浮现的想法一一绣出来。她为自己设下规定，不去审查任何脑中自发闪现的文字或图像，任其发挥。今天，她在两件衬衣和一条裙边上绣了一条蛇、一颗星星和一支雪茄。

我让她重复一遍刚刚说的话。

"一条蛇。一颗星星。一支雪茄。"

她说之所以会在我的上衣上绣那个词，是因为她当时正在想她住在杜塞尔多夫的姐妹。

"她叫什么？"

"汉娜。"

"她是你的姐姐还是妹妹？"

"我是她的坏姐姐。"

"为什么坏？"

"去问马蒂。"

"我在问你。"

"好吧，我告诉你。"

她大口喝完杯中的水，砰的一声把杯子放回桌上。绿色的双眸噙满了泪水。"不，我不告诉你。我刚刚正在说我的刺绣。"

二手店有一堆衣服等着她去改样。还有人从柏林寄来很多衣服，如今她在中国也有了客户，会给她寄来衣服包裹让她重新设计。她对几何最感兴趣，那是她在巴伐利亚上大学时学的专业，喜欢针则是因为它的精确度。她喜欢对称和结构，那有助于她打开思绪。对称不会羁绊她，反而给她自由。她觉得自己比巴勃罗的狗更自由。

　　她把胳膊搭在我的肩上，手指像针一样冰冷。我没有料到那用蓝色丝线绣成的"挚爱"一词的分量，而代表我姓名的首字母缩写正漂浮其上。那只是她脑海中突然冒出的一个词，她是这么说的，不管脑海中冒出什么念头，她都会通过图样呈现出来。

　　英格丽德用手背擦了擦眼睛，告诉我她准备走了。

　　"别走，英格丽德。"我吻了她潮湿的脸颊，在她耳边轻声对她珍贵的礼物表示了感谢，她的耳朵上戴着闪亮的小珍珠。

　　"你总是忙于工作，佐菲。我不想打扰你。"

　　"你为什么说我总是忙于工作？"

　　"对你来说，每个人都是一项田野调查，这让我感到很奇怪，好像你总是在观察我一样。学习人类学和实践人类学有什么区别吗？"

　　"呃，将人类学知识应用到实践中会有收入。"

　　"我不是说这个。总之，如果你需要钱，可以找我借，现在我得走了。"

那晚，英格丽德和马修要在一家西班牙风味小馆和朋友见面。之后，他们会去参加一位 DJ 朋友在城外的田野上举行的派对。当时马修正在设置灯光，英格丽德原本应该负责开车将装在袋子和水桶里的冰块送到派对地点，但那时她正在绣我的吊带衫。等所有人都到了，啤酒还是温热的，在某种程度上又是我的错。

"谢谢你的水，佐菲。我确实得喝点水，因为一会儿会很累。"

当她走出敞开的门时，我确实看见她走到阳台，在桌边停了几秒，然后走入了她的真实生活。

这就是被英格丽德·鲍尔深爱的感觉吗？

餐桌上的仿古希腊花瓶旁放着两把锋利的刀，我把它们放回抽屉，仔细观察那只橙黄色的花瓶。它形如瓮，瓶身上的浮雕是用黑色树脂绘制的，图案是七名头顶水壶在喷泉旁排队取水的女奴隶。这个花瓶明显是仿制品，但准确展现了古代日常生活的场景。古希腊时期，将水引进城里很困难，所以人们只能从公共喷泉取水。富人们喝着兑了水的葡萄酒，那是女奴隶为他们打回的，而她们却没有自己的家。今晚是我第一次邀请别人来我在西班牙临时居住的家。当我问及英格丽德的妹妹时，问题就出现了。

我关掉烤着剑鱼的烤箱，穿过沙滩来到紧急救援站。

我变得更加大胆了。

我邀请那位学生和我共进晚餐。

他先是面露惊讶，而后喜上眉梢。"你可能想知道，我叫胡安。"他说。

"是的，"我说，"我也想知道你的生日、国籍和职业。"

他正在装订当天的表格（共有十四人被蜇伤），说二十分钟后会来找我，并对我的邀请表示感谢。我知道巴勃罗的狗把沙滩上的一排伞都挖出来了吗？巴勃罗的兄弟们去追狗，它惊慌失措地跑进海里，向远处游去，然后就消失了。没有人知道它去哪儿了，或者是否淹死了。如果这条德国牧羊犬还活着，紧急救援站就得处理比水母蜇伤更严重的伤。那学生笑着用手指捋了捋棕色的头发。他的脖子修长而优雅。

"巴勃罗说你威胁了他。"

"是的，我就是用那条即将被我们吃掉的鱼的血威胁了他。"

我们四目相对，我用饱含爱意的目光望着他。虽然英格丽德拒绝了我，但我的失望之情并未在投向他的目光中流露出来。

他来的时候带了四瓶啤酒，说是放在紧急救援站的冰箱里的。他问起我的母亲。我告诉他，母亲正在睡觉，并且这一次她没有拉上窗帘来躲避"那些破碎的星星"。我们面对面坐在阳台的双人餐桌前吃剑鱼。银色的鱼皮下，白色的鱼肉又鲜又嫩。他告诉我，剑鱼的皮和肉之间有一层脂肪，所以吃起来味美多汁。后来，我们在温暖的夜晚下裸泳，他亲吻了我身上每一处水母蜇伤、红肿和水泡，我对水母没有再多蜇几处感到失望。我的渴望被激发。他是我的情人，我是他的征服者。毫无疑问，我已经非常大胆。

她用她那野兽般的爪子撕碎了我的心。

金光闪闪的手表

露丝四肢无力地坐在租来的车里，面前是方向盘，而我正在用布擦拭车窗上的灰。现在是上午十一点，太阳已经晒得我的脖子火辣辣地疼。母亲正要开车带我去机场附近的周日市场，购买下周要吃的水果和蔬菜。胡安告诉我有个摊子卖北非产的绿色甜葡萄，我还要找地方买一罐椰奶稍后带到英格丽德家，她邀请我去她家做冰激凌。露丝变了很多，不再像平时那么易怒。那是我母亲最主要的表达方式：略带怨恨，就那么一丝。并不只针对我（虽然有时候确实是针对我），更多的是对这个世界有一种说不清道不明的不满。

"你总是离我很远，索菲亚。"

我并未刻意远离。我常常靠得太近，耳边充斥着她的抱怨。

水母蜇伤处还在一阵阵地抽痛，但我喜欢感受它们的存在，就如同我喜欢感受绣在新真丝上衣上的"挚爱"一词。

被爱是治疗蜇伤的灵丹妙药。露丝已经迫不及待地发动了引擎，所以我把抹布扔进水桶里，把桶藏在写有"家庭式酒店/有空房"的标牌下面。标牌上有一个落满灰尘的箭头，显然是用来指引人们入住家庭式酒店的。这些家庭看上去总是热热闹闹的，酝酿着、沸腾着、翻滚着。一夫一妻家庭、一夫多妻家庭、母系家庭、父系家庭、核心家庭。

我们是母女，但我们是一个家庭吗？

我砰的一声关上了车门。

母亲是如何用她那毫无知觉的双腿开车的？但她确实做到了，她的脚能够在油门和刹车踏板间来回切换。我只希望她不要失控，让我能安然到家，继续为她买她想要或不想要的水。通往市场的路是一条直线，须穿过一条新铺的沥青高速公路。露丝开得很快，左胳膊肘搭在窗沿上，很是享受。当她问我为什么没有学开车时，我提醒她，我四次驾驶考试都没通过，理论考试也没及格，于是我干脆放弃，买了一辆自行车。

"是的，"她说道，"我无法想象你会开车。"

我们为什么无法想象某些事呢？如果我说我无法想象人类的性行为呢？如果我无法想象一种从未听过的性行为呢？如果我无法想象另一种文化呢？如果我无法想象我父亲的出生地希腊，那么日子该如何开始又该如何结束呢？如果我无法想象他正在思念被他抛弃的女儿，以及或许有一天我们会

116

和解呢?

我低头看着母亲踩在刹车上的脚,她抬起脚趾,过一会儿再放下去,动作优雅而自信。"我能想象你漫步穿过整个沙滩。"我说道。

作为回应,她唱起了赞美诗。

"那双脚,在久远之前,可曾踏上英格兰苍翠的群山。"

但愿吧。我母亲的脚几乎处于罢工状态,我不知道她在进行什么谈判,也不知道阻碍因素是什么。她穿四十二码的鞋。她有个宽阔的下巴。我们的祖先进化出突出的下巴是因为他们要经常战斗。保持不满的状态是很耗费心力的。当有人试图劝慰母亲放下怨恨时,她会把下巴抬得高高的,将对方请走。我需要对别的事情产生兴趣,因为我不能靠研究母亲的症状这一兴趣养活自己。我放弃了博士学位,而博士学位可能会让我这一兴趣变得公共公开而非私人化,让我有资质去教一门占据我所有时间的学科。不过取得资质是我面临的又一个问题。

露丝打了转向灯,沿着高速公路右转,往大海的方向驶去。"你似乎在阿尔梅里亚交了一些新朋友?"

我没有理会她。

"关于你父亲,有些事我应该告诉你。和我的父亲相比,你的父亲是个非常温和的男人。"

我可以服下她用来治头晕的任一种药,但这些药已经从她的药方中划去了。我的父亲显然很温和，他温和得十一年来都没有力气联系我。

或许朱莉塔·戈麦斯整理的病历让露丝从另一个角度了解了她的前夫？她对阳光护士也有些自己的看法。当车在高速上飞驰时，她告诉我，她确信朱莉塔是个酒鬼。理疗时，她经常闻到朱莉塔身上的酒气。坦白说，这关乎职业道德。

她车开得太快。我屏住呼吸，同时咬住自己干裂的嘴唇。"朱莉塔很精明，非常聪明。她从不对我说三道四，索菲亚，所以我也不愿对她评头论足。但我还是有些困惑，我必须考虑一下自己的选择。"

露丝已经和朱莉塔·戈麦斯一起建好了三份病历档案。尽管她仍然讨厌那只白猫霍多，却也开始不甚情愿地把它看作诊所的一员，她变得更爱沉思，更神秘，甚至也更友善了。甚至于就算霍多开始负责她的维生素注射，她也不会觉得惊讶。戈麦斯说她应该把那只猫画在脚底，这样就可以整天踩着它了。

我觉得他的话是让她起身散步的好方法。

我们把车停在高速公路边一座空房子的停车道上，一堆被丢弃的破衣服散落在门廊。我将轮椅从后备厢拿出来，一眼就能望到马路对面杂乱的市场。一架飞机飞得很低，准备在附近的机场降落。用轮椅推着母亲很辛苦。她坐进了轮椅，我在炙热的柏油路上推着她，一直推到树荫下的一个货摊那儿，一些桌椅零散地放着。露丝要我去排队买吉事果，她喜欢配着茴香酒一起吃。她甚至在请求后还说了声："谢谢你，菲亚。"

所有的旅游指南都说，来到阿尔梅里亚就仿佛置身月球表面，大风吹着，太阳烤着，河床干枯开裂。一层深蓝色的雾霭笼罩在卖手提包、紫葡萄和洋葱的旧货摊上空。我刚把露丝推到生锈的杆子支起的塑料遮阳篷下，她就和一位右膝缠着绷带的老人聊起天来。他们似乎在讨论拐杖。

吉事果有两种形状，一种是用来蘸巧克力的长条，另一种是短一点的。我买了几根长的，又用纸杯倒了一杯茴香酒递给露丝。

那位老人在空中挥舞着他的拐杖，给母亲展示拐杖底端的橡胶套。我挨着他们坐下，假装对那个橡胶套很感兴趣。

自那晚在星光下大胆做爱后，我一直处在一种心猿意马的状态中。我想和心爱的人紧挨着坐在这里，靠近，再近一些，互相抚摸。现在我却和母亲坐在一起，她的职业生涯差不多结束了。我还年轻，仍沉浸在胡安新近为我营造的绮梦中，虽然我们第一次相遇时，他就说"梦已结束"。或许我确实是英格丽德的挚爱，但她令我备受煎熬。

露丝轻轻拍着我的手。"菲亚，我想买一块手表。"

我把一块吉事果塞进嘴里。吉事果又脆又油，上面还撒着糖粉。难怪在西班牙生活后，我的身材开始横向发展。

喝了茴香酒，露丝的呼气中有了股辣味。对她来说，似乎烈酒比水更容易入口。"顺便说一句，如果你会操作那些复杂的咖啡机，相信我，你也可以学会开车。开车真的很简单。"她一仰头，将茴香酒咕嘟一声一饮而尽，我以为她要用茴香酒漱口。

　　那一刻，我现实生活中的母亲和想象中鬼魅般的母亲——那个光芒四射、战无不胜、充满活力的女人——完美地合二为一。这是另一个绝佳的原创田野调查对象，想象和现实是如何混乱地融为一体，并搞砸一切的。但我的注意力被一位头戴艳丽草帽的卖草帽女人吸引，无法思考这件事。价签仍挂在草帽上，就在她的眼前晃动。她似乎是故意这样做的，不让别人看到她的脸。每隔一会儿，她就晃一下脑袋，让标签在脸前乱摆。

　　我起身来到轮椅后面，艰难地抬起轮椅的刹车，因为脚上的帆布鞋不停地滑落。我将母亲推到土路上，绕开路上的坑和狗屎，穿过摆满各种物品的货摊：手提包，钱包，热气腾腾的奶酪和盘成一圈圈的意大利香肠，萨拉曼卡产的伊比利亚火腿，西班牙香肠，五颜六色的塑料桌布和手机壳，不锈钢烤肉扦子上转动的烤鸡，樱桃，磕碰了的苹果，橘子和辣椒，堆在篮子里的粗麦粉和姜黄粉，罐装辣椒酱和腌柠檬，手电筒，扳手，锤子。露丝卷起一册《伦敦书评》拍掉了她脚上的苍蝇。

我在土路上停住。

母亲可以感觉到苍蝇落在她脚上。

一只苍蝇。她可以感觉到一只苍蝇。

她的脚并没有失去知觉，她的感觉非常灵敏。

我推着轮椅继续向前走，仍能听见她打苍蝇的嗖嗖声，我凝视着经济萧条期被弃用的灰色水泥公寓大楼。

"停停停。"

露丝指着卖便宜手表的货摊说道。一个身着优雅白袍的高大的非洲男子向她挥了挥左手。他弯成 C 字形的右胳膊上挂着一串耳机：蓝色、红色、白色的耳机。露丝大声命令我把轮椅推上前去，她一下抓起一块金光闪闪、有着厚表链的金属手表，表盘上还镶着一圈仿钻。

"我一直都想要一块黑帮手表。这是一件为我送别的闪光礼物！"

"你要去哪儿？"

"索菲亚，我正在被戈麦斯诊所一点点谋杀。我的药量一直在减少，诊所的医护人员没什么医术。他们告诉我一切正常，可我看起来像是一切正常的样子吗？"她在轮椅上跺着脚。"到目前为止，把我的脚部溃疡当成糖尿病症状是那个庸医和他的猫唯一在乎的事。"

那个非洲男人轻轻地把手表从母亲手中拿走，开始调整发条。他把镶着仿钻的一面贴近耳朵摇了摇，显然他不喜欢听到的声音。他把手伸进白袍的兜里，拿出一把小螺丝刀。他把表拆开的那一刻，我知道露丝打定主意要买它了。

我站在她前面。"这块表多少钱？"我双手叉腰，表现出生气的样子，但其实我并没有生气。这很奇怪。我在假装生气，其实心里并不生气。我是从哪儿学会表达那不存在的愤怒的呢？我提高了嗓门，听起来让人以为我好像是在责难什么。我是从哪儿学会表现这种令自己都难以置信的态度的呢？那么"挚爱"这个词呢？或许英格丽德用蓝色丝线绣这个词的时候也是在假装表现某些她并没有感受到的事物，然后把它看似随意地送给了我。

他告诉我那块表只需五十欧。

我开始大笑，但嘲笑和大笑是不一样的，他能看出来。

他用两根纤长的手指小心地拿着一块圆形小钢片。露丝向我解释那是电池，好像那是项新发明一样。

他们对这块电池兴趣盎然。他点点头，微笑着对她表示赞同。他手指着仿钻，好像那是无价之宝。茴香酒让母亲面颊绯红，当她开始数表盘上的钻石时，他就明白她的手腕不会再空空如也了。我意识到母亲其实很有魅力和热情。如果对着她的名字 ROSE（露丝）吹一下，字母一定会被吹乱，重新组合成 EROS（爱神）——长着翅膀却跛脚的爱神。

她伸出手腕，那个男人将手表给她戴上。

对她细细的手腕来说，这块表太大了，而且将一直这样。他拉过一把凳子放在她的轮椅旁，让她把手腕放在他的膝上，然后开始摆弄金色的表链。表链夹到了她手臂上的汗毛，我发现自己倒抽了口凉气，好像替母亲感受到了疼痛。这种共感比水母蜇伤还要痛。

母亲在购置用来"送别她"的计时礼物时，我走到一个主卖扫帚和捕鼠器的摊子前消磨时间。锡箔纸盘上放着许多粉色和蓝色的生日蛋糕蜡烛。一欧元三根。更贵的是一种银色的蜡烛，配有银色尖头烛台，可以插入蛋糕。我注视着那些拖把和水桶，罐子和锅，木勺和筛子。成年后，我还未有过自己的家。如果我成了家，我会从这个货摊上买些什么家居用品呢？显然也会有飞蛾、老鼠和苍蝇之类的问题等着我解决。我拿起一罐外形如同女性曼妙身姿的空气清新剂。她围着一条波点围裙，却并不能遮住那肥胖的肚子和丰满的乳房。她的睫毛又翘又长，噘着她的樱桃小嘴。使用说明被译成了意大利语、希腊语、德语、丹麦语和一种我不认识的语言，但每种语言都写着"极易燃"。

上面也有英语的使用说明。**将她充分摇晃。向房屋中央喷射**。她的肚子和乳房与公元前六千年希腊早期的生育女神没有太大差别，只是生育女神没有穿波点围裙。她们也患有疑病症吗？也会歇斯底里吗？她们胆大吗？跛脚吗？她们也充满人类的恻隐之心吗？

我花四欧元买了一罐空气清新剂，因为它是一个被译成

123

多种语言的人工制品，也因为它是对女性的一种诠释（乳房、肚子、围裙和睫毛）。而我经常看不懂公共场所的各类服务标志，搞不懂哪些代表男性，哪些代表女性。而那种最常见的简笔人物画标志并不特指哪种性别。我需要借助这罐喷雾把这些事情弄得更清楚吗？我需要弄清楚的究竟是什么呢？

我已经征服了胡安，对我而言，他是雷神宙斯，但因为他在紧急救援站的工作是为伤者涂抹药膏，这些形象都混在了一起。他既像母亲，也像兄弟和姐妹，或许还有点像父亲，他已成为我的情人。我们是否都潜伏在彼此的符号中？我和空气清新剂上的女人是否属于同一种符号？又一架飞机从市场上空飞过，金属机身在空中看上去很笨重。我在咖啡屋遇到的一个男性飞行员告诉我，要以"她"来称呼飞机，他的任务就是让她保持平稳，让她成为他双手的延伸，让她对最轻微的触碰也能迅速产生反应，她很敏感，需要小心操作。一周以后，当我们睡在一起时，我发现他也能对最细微的触碰迅速产生反应。

但我想要的并不是明晰。我希望一切都模糊一些。

那个非洲男人和我的母亲似乎很合得来。他一边给她讲阿尔梅里亚的历史，一边把手表从她的手腕摘下，这样她就可以捋顺被表链卡住的汗毛。为了把手表推销给我母亲，他着实花了很长时间。

"在阿拉伯语中，阿尔梅里亚的意思是大海之镜。"

露丝假装在倾听，但其实她所有的注意力都在那块镶着仿钻的手表上。"它正在嘀嗒嘀嗒地走！我能感觉到，因为我的手臂不像脚那样没有知觉。"

这是一件为她送别的计时器，正在嘀嗒嘀嗒地走。

"我走路有困难。"露丝对那个非洲小贩说道。他带着一种商人式的同情摇了摇头，她掏出五十欧元钞票晃了晃，然后礼貌地递给了他。"谢谢你。"

他向我们挥手告别，太阳把一旁桶里泡着橄榄和大刺山柑花蕾的盐水都晒热了。一切闻起来都有种强烈的陈醋味。

"索菲亚，你想知道现在几点了吗？"

"哦，请告诉我吧。"

"现在是十二点四十五，该吃精简后的那些药了。"

我们回到停车的地方，我请露丝站起身，我好把轮椅折叠起来放回汽车后备厢。

"不是我不想站，索菲亚，我今天站不起来。"

我把母亲弄进车里后，她便冲着我哼哼唧唧，一边抱怨，一边小声责骂，随后又开始数落我，我的缺点、错误和令人讨厌的习惯。我觉得她确实是一个强盗，在打劫我的人生。

我坐到副驾驶座上，砰的一声关上车门，等着她发动车子，可她却一动不动，好像怔住了一般。先前我们把车停在一座本以为无人居住的破房子外。这时却发现，虽然屋顶破

125

了洞，窗户也残缺不全，但房子里仍有人居住。一位母亲和她年幼的女儿正在门廊上喝汤。一切都十分破旧，不管是手推车、婴儿车、桌椅，还是躺在车旁只有一条胳膊的玩偶。

这是一个一切都支离破碎的家。

我母亲则是她支离破碎的小家之主。

她的职责是阻止野兽从门外溜进来，吓坏自己的孩子。这座悲伤的房子仿佛是与她如影随行的幽灵，是她对不能把野狼挡在我们位于伦敦哈克尼区的家门外的恐惧。在学校，我有资格享用免费供应的午餐，但是露丝知道我以此为耻。她经常在出门上班前给我做好汤，装在瓶子里。我把瓶子放在沉重的书包里，有时候汤会洒得作业本上到处都是。那瓶汤让我备受折磨，但它能向我的母亲证明：狼还没有来。我的旅游手册有整整一页专门介绍曾驰骋于阿尔梅里亚的伊比利亚狼（学名：*Canis lupus signatus*），上面提到在佛朗哥独裁统治时期，有人专门开展了一场灭狼行动。显然有些狼活了下来，它们懒得敲门，会直接撞破窗户闯进屋内。

飞机飞过，在天上留下一道白色的痕迹。

那个小女孩朝我的母亲挥了挥汤勺。

"索菲亚，把车开回家吧。"露丝把钥匙扔到我腿上。

"我不会开车。"

"不，你可以。再说，那杯茴香酒劲儿太大，我没法开车了。"

说完她开始把身子朝副驾驶座挪，挤得我不得不跳下车去。我绕到驾驶座，坐定，插上钥匙。引擎发动。我摆弄着手刹，开始倒车。

　　"很完美，"露丝说道，"完美的倒车。"

　　轮胎下方传来嘎吱一声。

　　"是那个可怜孩子的玩偶。"母亲把头伸向窗外看了看后说道。"别管了，换挡，打转向灯，系上安全带，非常好，我们走吧。"

　　车子以每小时十英里的速度向前行驶，露丝倾身向前，调了调后视镜。"开快点。"

　　我换错了挡，不过又调整了过来，过了一会儿，我甚至壮着胆子加快了速度，行驶在这条新修的、空荡荡的高速公路上。

　　"索菲亚，我对你开车感到非常放心，不过有一点。"

　　"什么？"

　　"在西班牙，车辆靠右行驶。"

　　我笑了起来，露丝告诉我她新手表上显示的时间。

　　"我们要上坡了，你得换挡。你有没有发现后面有辆车想超过我们？"

　　"是的，我看到他了。"

　　"那是个女人，"她说，"她想超车，因为她的视力很好，能看清对面没有车子开过来。顺便说下，现在已经一点了。"

就像露丝说的那样，如果连咖啡机都会用的话，那么开车简直轻而易举。

后备厢里有东西滚来滚去。每次我一转弯，那个东西就会撞上车厢侧壁。我减速慢行，没想到车子猛地停住了。

"你要在刹车和加速之间找到平衡。挂空挡，再发动吧。"

车子变得摇晃起来，后备厢里的东西四处乱撞。

"这不是空挡。"她帮我换了挡，车子重新开始平稳前行。"我倒是不担心你没有驾驶证，我担心的是你没戴眼镜。我必须成为你的眼睛。"

她是我的眼，我是她的腿。

车子抵达村子尽头的停车场，我拉上手刹后，露丝宣布自己有了一位新司机。

我对母亲的爱就像一把斧头，它凿出的伤口很深。

她伸出手指碰了碰我脖子后面涂了发油的卷发。"不知道你的头发是怎么弄的，菲亚。你让我想起了我和你父亲去凯法利尼亚岛度蜜月时，那个负责载我们去酒店却迷了路的出租车司机。"

她示意我把钥匙给她。"你父亲对自己的头发十分满意，我连碰都碰不得。那时他头发长得披到了肩上，打着柔软的黑卷。后来我慢慢把他的头发看成一种象征。"

我并不想知道这些事情。但是她曾对戈麦斯说，我是她的唯一。

　　我以新司机的身份帮她开了车门，她表示想走路回家。显然，走路对她来说一点都不成问题。我转身背对着她，在后备厢里寻找先前发出响声的那个东西。找到后，我想，一定是马修从阳光护士那里拿到车子并确认完租车文件后藏在这儿的。

　　那是一瓶蓝色喷漆。

　　露丝正靠着停车场尽头的一棵棕榈树。她的身体有些佝偻，好像背负着太过沉重的东西。

玩闹

对那个吻，我们避而不谈，但是那个吻就藏匿在我们正一起制作的椰子冰激凌里。当英格丽德用小刀刮下香草荚的种子时，那个吻就横亘在我们中间。它藏在她细长的眼睑下，藏在蛋黄和奶油里，它是英格丽德用思想之针，以蓝色丝线编织而成的。我不知道自己想从英格丽德那里得到什么，不知道她为什么喜欢让我难堪，也不知道自己为什么忍受着这一切。

我仿佛默许了她对我的轻侮。

她向我展示了他们的西班牙住宅中堆满地板的篮子里的衣服，还翻出了一件肩带很细但有磨损的白缎裙。裙边上有处污渍，但是她说裙子很适合我，等有时间她就修补一番，她知道我被水母蜇伤的地方一直都很疼。

其实伤口并没有一直都疼，不过我不想让她失望。我们一起等待冰箱里的冰激凌慢慢凝固时，她用手指绕着我的一缕卷发。"让我把这个打结的卷给剪了吧。"她说。

她伸手拿起放在其中一个衣篮里的一把剪刀,那剪刀看起来精美又锋利。剪刀像锯子一样穿过我的头发。我转身看见她手里攥着一大把我的卷发,像是拿着战利品一般。我觉得不自在,但是比起等待母亲减药后的副作用和戒断症状出现,这还是更令人兴奋。也许感觉不自在也是一种副作用?

"佐菲,人类学家会把埋在坟墓里的人头偷挖出来测量或分类吗?"

"不会,很久以前才会那样。我可没在搜寻坟墓里的人头。"

"那你在找什么呢?"

"没什么。"

"真的吗,佐菲?"

"真的。"

"你为什么会对'没什么'感兴趣?"

"因为它就包含了一切。"

她打了下我的胳膊。"你一个人待的时间太久了。你应该动手做点东西。"

"比如说?"

"建一座桥。"

如果说英格丽德是载我越过沼泽的桥,那么我们每次见面时,她都会取走几块砖。这就像是一项关于情爱的通过仪式。如果我安然过桥，没有掉进沼泽，也许我会因我的遭遇得到补偿？英格丽德的嘴唇很性感，既柔软又饱满。她沉着自信，少言寡语，但是她选的那个词——"挚爱"——却是一个不同寻常的词。

她让我到花园里和马修一起坐坐，马修刚下班回来。

他正躺在悬挂在两棵树之间阴凉处的吊床上。"今天这场体验太难忘。"马修用脚抵着树，吊床开始左右摇摆。"最难的事，索菲亚，是让人们成为真实的自己。"

他轻拍着头上的树叶，好像要变出一个足够真实的自我。原来马修是一个人生导师，他向高管传授沟通技巧，帮助他们幽默热情地推广他们的品牌。

马修现在是在做真实的自己吗？

他很友善，但也有点狡黠，这我不怪他，他的女朋友在和我玩闹，同时他也在玩弄着什么，但是我不确定这到底是怎么一回事。他用右手给朱莉塔·戈麦斯写了一条蓝色的信息，左手则抚摸着英格丽德·鲍尔修长的被晒成褐色的大腿。

英格丽德从房子里端出一托盘自制的柠檬水，又拿出一把银钳，一小枝新鲜薄荷，外加一碗冰块。她很正式地亲了亲马修的脸颊，然后往塑料杯里装满冰块，倒进柠檬水，又加了一片酸橙和几片薄荷叶。她没有为人妻的样子，更像个酒吧服务员兼运动员兼数学家。英格丽德学过几何，是个裁缝，她的客户中有中国人。她还是个"坏姐姐"，但是她并不想谈论这一点。

马修的爱好是收藏葡萄酒，他上过几节葡萄酒课，由专门研究某种葡萄或葡萄产地（如波尔多或勃艮第）的葡萄酒专家、买手和侍酒师开设。马修还在西班牙找到了一个志同道合的葡萄酒专家，名叫莱昂纳多，本职是马术教练，拥有一座乡间别墅，还有自己的马场。英格丽德在那里租了一个房间用来做缝纫活。她周二周三工作，一周只工作两天，因为人生苦短，而她不在的时候，小个子马修会想念她。

"佐菲，你想不想看看那座乡间别墅？我的缝纫机挺旧的，产自印度，是在二手网站上淘到的，不过买来至今还没坏过，它的外观显得很笨重，但也非常漂亮。"

马修露出一副厌烦的表情，英格丽德便转而聊起了他的事。他觉得自己惹人喜爱，英格丽德也一样爱着他。他自信满满，光芒四射。

我对自己的一切认知都开始开裂，而英格丽德就是那把锤子。

马修执意要英格丽德坐在树荫下，可是她没理他，坐到了我旁边的太阳底下。

马修抬起头冲我笑笑，好像我们俩都十分关心英格丽德的健康。"叫英格不要坐在太阳底下。她天生皮肤白，这样对身体不好。"

我朝着他直摇头。"阳光很性感。"

马修从杯子里捞出一片薄荷叶咀嚼起来。"这个问题很复杂，索菲亚。科学界对阳光有各种争论，它既能给地球带来热量，又让我们变得盲目。"

"对什么盲目？"

"对我们的日常职责。阳光很有诱惑力。"

既然我们谈到了责任这个话题，他便想了解一下我母亲的事情。"你们向戈麦斯诊所付了一大笔钱吧？"

"是的。"

他把金发捋到耳后，点了点头，好像早就知道这回事了。

"听我说，索菲亚，我告诉你吧，那个所谓的医生应该被取消职业资格。"

"也许你说的没错。"

"我的确是对的。戈麦斯很危险，他是个混蛋。"

"你怎么知道？"

"我现在在西班牙这里指导一位来自洛杉矶的高管。他说戈麦斯是个不值得相信的骗子。"

我们说话时，英格丽德往她搁在膝盖上的仙人掌幼苗盆里放了几颗小小的鹅卵石。"佐菲只是想帮她母亲治病，而且你的客户也不足为信。"

马修慢慢地摇了摇头，吊床嘎吱响着，左右摇晃。

"不，他非常可靠。托尼·詹姆斯是个很不错的人。今天我和他做了个练习，我让他拿着高尔夫球往上扔，一边接球一边说话。他不再死气沉沉，就好像你看到他人生的交通信号灯终于改变了。"他伸手去够头上的树叶，用指尖轻触着。

我要大胆一点。我要鼓起勇气，明确目标，说出自己的想法。

"托尼·詹姆斯在医药公司工作吗？"

马修喝完柠檬水，把塑料杯扔到地上。"对呀。"

知了开始了午后的鸣叫。

"对呀"是个不错的话题，值得对此进行一番田野调查。

"对呀"掩盖了白色塑料里的医药公司这个话题，正如白色塑料也掩盖了沙漠血汗农场里生长的番茄和辣椒。而马修在戈麦斯诊所的大理石墙面上喷了"阳光很性感"的字样。不过，他似乎对朱莉塔·戈麦斯心怀不满。

我不确定自己是否相信他真心爱着英格丽德。

过了一会儿，我表示喜欢他的红色皮带。

"谢谢，我也喜欢，因为是英格丽德买给我的。"他似乎为我们的谈话回到正题而松了一口气。

人类学家必须要偏离轨道，不然我们永远都无法重建自己的信仰体系，不会有人朝着掩盖假象的烟幕泼水；不会有人告诉我们，属于我们的现实与他人的现实无法和谐共处；也不会有人告诉我们该如何理解某个村庄和村庄内屋舍布局的意义，它们与生死的联系，或者女性只能住在村庄外围的原因。

马修继续主导着谈话。他在吊床上调整了姿势，一边重新晃动起来，一边解释自己是如何指导那些客户（主要来自石油公司）进行幻灯片展示的。他的工作是帮助客户展示他们的身份和价值理念，如何保持威严且自信地站立，如何在恰当的时机讲几个笑话吸引观众。他禁止他们使用"狗被尾巴牵着走"和"你是个明星"这样的短语。这些高管说话时总是做不到一气呵成，所以他教他们如何处理停顿，学会利用停顿，而不是强行假装它没出现。他觉得帮助客户释放他们内在的领导才能是件很有意义的事。一旦客户在他面前承认自己不擅长应对公共场合或不受员工喜爱时，他和客户间就会产生一种近乎爱的情感。他鼓励他们培养特别的爱好，怪癖也行。昨天他就叫来自洛杉矶的詹姆斯先生今后参加会议时都带上高尔夫球。一边讲话一边扔高尔夫球会成为他的标志性动作。

马修向吊床的两边伸展双臂，装作飞翔的样子。奇怪的是，我好像从他的话里听到了朱莉塔·戈麦斯记录我母亲病历时曾说过的只言片语，只是同样的话从马修口中说出来后就变了味道。就好比他盗用了她的举动，然后说成是自己的。他训练的那些高管就是他的圣水牛①，他帮助他们打造一种身份，一种面具，只要戴上这种面具，他们便可以代表公

———————————
① 比喻高高在上、不可侵犯、不可批评的人或物。

司品牌说出让人信服的话。面具下的脸必须与之完美贴合，要是这个面具出现裂缝，他们可以请他再把它修好。

英格丽德走到吊床一边的阴凉处，在树下站着。我第一次注意到她的肚脐上打着一颗泪珠状的绿宝石钉。仙人掌的刺扎进了她的手指，她想要马修帮忙把刺拔出来。

"嘿，不要挡着我的吊床，英格。"他的语气听上去有点威胁的意味。

她朝他挥了挥扎了刺的手指。"马修，你闭嘴。"她指着自己的嘴唇，做了个拉上拉链的动作。

"所有的事物都是佐菲的田野调查对象，她在做笔记。她肯定会写篇论文介绍你的人生训练法，这样每个人都知道你的秘密了。"

"离远点，英格。这是我的吊床，我不用人推。"他好像因为什么事情在责怪她。

她走了回来，把手放在我的膝盖上。"那就让佐菲帮我挑刺吧。"

"你是做什么的，索菲亚？"马修打断了她的话，他闭着双眼，身体在树叶下方轻轻地左右晃动着。

"我是做手工咖啡的。"

"那是门好手艺。怎样才能做出完美的手工咖啡呢？"

"要有优质的咖啡豆，保证研磨后咖啡粉的质地，还要选择合适的冲泡方式。"

他严肃地点点头，好像我们在探讨重要的事情。"那么你想要什么？"

"什么意思？"

"比如像工作、金钱这种荒唐的东西，你想要吗？如果可以用隐形墨水写下愿望清单，你会写什么？"

从他们放置在花园的沙漠植物周围的各种三角形镜子里，我看到自己满脸通红。

"佐菲的愿望清单上什么都没有。空空如也。"英格丽德在我的膝盖上敲动着带刺的手指。

我尴尬极了，感到无所适从。到目前为止，我谈论过自己的人生意义吗？那我为什么要告诉马修呢？

他打了个响指，笑了起来。"索菲亚，你需要一个自动提词器！朱莉塔·戈麦斯就是那样做的，对吧？她用提醒的方式唤起客户的记忆？"

我站起身，跳过把花园和海滩分隔开来的低矮石墙。我在西班牙获得的一个可喜的变化就是学会了跳过障碍物。

我感到非常孤独。

我在沙滩上走着，潮水已经退去。这时，一个女人骑着马跑过灼热的沙滩。那是一匹高大的安达卢西亚马。马的鬃毛燃烧着，蹄声如雷震耳，海面波光粼粼。她穿着蓝色的天鹅绒短裤，棕色的马靴，手里拿着巨大的弓箭。她的手臂强壮有力，长发扎成马尾，大腿紧紧夹着马肚。一支长箭划过长空，刺进我的心脏，我仿佛听到了她的呼吸声。我受伤了。我被情欲所伤。我已经准备好承受爱的折磨。

海滩上有四个小伙子在玩排球，球被重重地打过球网朝我飞来，我纵身高高跳起，把它打了回去。他们一阵欢呼，朝我挥舞手臂。

其中一个小伙子是胡安。

英格丽德和胡安。他充满男子气概，她则富有女人味，就像浓郁的香水，他们的气味互相渗透，融为一体。

希腊女孩说话时带有英国口音，但是她的头发乌黑，就像我父亲拌着咸猪油和芥末吃的面包那样黑。早上她又把西瓜皮留着，喂给村后墓地旁院子里的鸡。她每天早上都把瓜皮放在手提袋里，带给鸡的主人贝德拉太太。她戴着宽檐帽，帽檐在肩头投下一片阴影。她的水母蜇伤已经开始愈合。

人形盾牌

诊疗室里的气氛很诡异。戈麦斯一脸愠怒。他的衬衫袖子卷起，头上那一缕醒目的白发被汗水浸湿了。

"我不知道该怎么理解你这张最新的 X 光片。毫无疑问，露丝，你的骨密度在下降，不过这在超过五十岁的女性身上很常见。"他叹了口气，双臂交叉在细条纹西服上。"骨头十分有趣，它由胶原和矿物质组成，是一种活组织。四十五岁以后，我们的骨头会变得疏松脆弱。不过你还没有丧失太多骨材料。我建议你走路回家。"

我发现母亲下巴上有一根银色汗毛，它笔直地竖立着。

"帕帕斯特吉亚迪斯夫人，如果你想继续接受治疗，就必须中断所有药物。所有的药，一粒药都不留。治高胆固醇的、治失眠的、治心悸的、治消化不良的、治偏头痛的、治背痛的、调节血压的，以及所有的止痛药，一样不留。"

令我惊讶的是，露丝直视着他的双眼，答应了他的要求。"我已经准备好配合你的工作了，戈麦斯先生。"

戈麦斯显然不相信她。他拍了拍手。"不过我还有个好消息！我的真爱怀孕了。"

一开始我没有明白他的意思，然后我意识到他指的是那只白猫。他朝我走过来，并伸出手臂，邀请我挽着他。我们的骨头贴着骨头，骨密度和骨孔则被包裹于皮肤和衣服之下。就这样，像领着一位新娘，他领着我走出了诊疗室，我们走过大理石地板，一直来到大理石柱下的小凹室。

凹室的荫凉处放着一个纸盒，霍多就躺在盒子里的一张羊皮毯上。它看到戈麦斯，便眯起了眼睛，开始舔自己乳白色的爪子。他跪下来抚摩霍多的下巴，直到它低沉的呼噜声盖过了大理石穹顶下其他的声音。我第一次发现这里的天花板非常低，从某方面来看，它的结构就像在灼热的沙漠上撑开的帐篷。

"兽医告诉我它已经怀孕六周，再过三周就要生了。"他指着它的肚子。"看到那个凸起的地方了吗？说实话，我给它那块羊皮时，心里还有点舍不得。但是我必须割爱。垫在它身下的东西必须无味且柔软，因为母猫和小猫是靠气味辨认彼此的。"

他对白猫的兴趣比对我的母亲多。也许是他头上那缕白发让他们彼此更亲近？我拒绝像他一样跪下来崇拜那只白色的肥猫霍多。

"你的嘴唇在动，索菲亚·伊琳娜，好像你的舌头在嘴巴里沸腾了。"

我希望他能再次向我保证，让母亲完全停药是安全的，但我还是没敢问。

"你的研究领域是人类学，你能马上说出大脑里出现的三个和专业相关的词吗？"

"古代，遗留，出土前。"

"这些词很厉害。我要是用力思考这些词的话，它们说不定也会让我怀孕。"

我扬起眉毛，模仿英格丽德感到困惑时的表情。

"还有一件事，我听说是你在开那辆登记在你母亲名下的车。"

"是的。"

"那你应该有驾照吧？"

戈麦斯裤子右边口袋有东西发出哔哔声，但他似乎没有注意到。"你已经习惯照管你母亲的用药情况。所以这是不是意味着你也该停药了？你把你的母亲当作盾牌，逃避着不去过自己的生活。吃药这个仪式，我已经从你们俩的人生中废除了。注意！你需要创造新的仪式。"

他浅蓝色的眼睛外有一圈深蓝色，眼睛里闪烁的光芒让我想起过去我父亲那对蓝色眼睛里时刻散发的魅力。

"索菲亚·伊琳娜，你听，我的寻呼机在响！我还是个新手医生时就很喜欢这个寻呼机。只有出现急诊病人时它才会响。不过我知道它时日不多了，阳光护士希望我把它换掉。"

他用手指顺着霍多凸起的白色肚皮画着圈，寻呼机还在响着。过了一会儿他才拿出来扫了一眼。"我猜对了，韦卡尔东南部的贝拉有人心脏病发作了。那个地方一棵树都没有，不像塔韦尔诺生长着美丽的橘子树。不过，我不能回这个电话，因为我不是心脏病专家。"他把寻呼机关掉，放回口袋里。

❧

　　她一丝不挂地站在卧室里，乳房饱满而坚挺。她跳了起来，跳起来时伸直了双臂，像飞机一样。她没有刮腋毛。她在干什么？开合跳。六，七，八。她的乳头颜色比肤色要深。她从墙上的镜子里看到了我。她的目光闪向了左边，用手捂住了嘴巴。没有人嘱咐过她要把窗帘拉上。

艺术家

朱莉塔·戈麦斯把去她工作室的路线告诉了我。她的工作室在卡沃内拉斯的一座小公园附近，所以她叫我把车停在小巷，直接走路过去。我现在一直开着这辆贝凌格。开这车还算容易，只是换空挡有点问题，不过我的生活中有比这更难应付的问题。我主要还是怕被警察拦下后，拿不出合适的证件。从这一点来看，我和巴勃罗开除的那些没有薪酬的墨西哥人，以及在炽热的沙漠农场里工作的墨西哥移民有相似之处。

"你有驾照吗？"

"有呀。"

按照旧殖民时期人类学家的做法，我会给交警十三颗玻璃珠，三个珍珠母贝壳。不够的话，再给他一袋玻利维亚产的鱼钩；如果他还嫌少的话，我会再加两个贝德拉太太养的母鸡生的蛋，都塞进他左轮手枪旁的卡其布口袋里。我不知道自己会做出什么举动。我想把车倒进另外一辆车和三个垃圾箱中间的位置，却把所有的垃圾箱都撞翻了。

公园里，柠檬树环绕的木质舞台上，有十二个女孩正在上舞蹈课。她们穿着色彩鲜艳的弗拉门戈裙子和与之相配的舞鞋，盘了紧紧的发髻。我看到她们边拍手，边跺脚。她们强忍着不笑，但是有几个没忍住。这些女孩看上去九岁左右，她们会拥有我从未拿到的驾驶证和其他生活所需证件吗？她们会流利地说多国语言，找到属于自己的爱人吗？她们的爱人可能是男性也可能是女性。她们会挺过气候变化带来的地震、洪水和干旱吗？她们会把一枚硬币塞进超市手推车的投币口，然后在货架间寻找炽热的奴隶农场种出的番茄和西葫芦吗？

一丛紫色的三角梅爬满了一幢工业建筑的墙壁，朱莉塔·戈麦斯的工作室恰巧就在这幢楼里，是铺着鹅卵石的街区尽头那三间小型仓库中的最后一间。我按响了她姓名旁的门铃。

她打开金属门，领着我走到一间散发着油漆和松脂味的空房间。她今天穿着牛仔裤、T恤和运动鞋，画着完美的眼线，指甲涂成了红色。房间是水泥地面，墙壁由裸砖堆砌而成，墙边摆放着六幅画和几块亚麻画布。房间里除了一个皮质沙发、三把木椅和一台冰箱，便没有什么其他家具了，也没有我在集市上看到的那些可以用来布置新家的物件，连用来捕老鼠、蚊子或苍蝇的东西都没有。桌子上摆着杯子和两块案板，架子上塞满了书。

朱莉塔教我用西班牙语念她的名字。

胡列塔。

她解释说自己的全名是戈麦斯·裴娜。她父亲之所以叫她阳光护士，是因为她十几岁时母亲就去世了，从那以后她再也没有笑过。"这名字还挺好的，能逗病人开心。"她从冰箱里拿出一瓶啤酒递给我，自己也拿了一瓶。

我告诉她我常常想把自己的姓氏改掉，因为没有人知道该怎么念它。每天都会有人问我"帕帕斯特吉亚迪斯"中"帕帕"后面的字母要怎么发音。

"但你还是没有改掉，这说明你也许对它很感兴趣？"她把啤酒送到嘴边，咕咚喝了一大口。"这就是我在业余时间所做的事情。"

她是说在业余时间喝酒吗？

她走到墙边，把画布转了过来，露出一幅画。画中是一位身着西班牙传统黑裙的年轻女子，她长着圆鼓鼓的眼睛，看上去很醒目。那双眼睛湿漉漉的，就像苍蝇一样，不过比苍蝇更大，有两欧元硬币那么大。画中女子拿着一把扇子抵住下巴，看上去有点像朱莉塔。

"这是长着变色龙眼睛的我。"看到我很久没说话，试图用沉默掩饰自己的恐惧，现实中的朱莉塔笑了起来。"人不是一生下来就是变色龙，而是后来才成为变色龙的。"

我在想她是不是喝醉了。

"那么你喜欢动物吗？"

我问了个很傻的问题，不过，我实在不知道该怎么评论她噩梦般的眼睛。

"喜欢，我喜欢和动物住在一起，我父亲也是。"

朱莉塔告诉我，她小时候养过一只可卡犬，但是在西班牙的这片区域，猎狗常常被掳走。她的邻居曾在一个清晨看到街上停了辆丰田卡车，从那之后，她的狗就失踪了。她的母亲是个工程师，曾设计过一种内陆管道系统，能将安达卢西亚富饶地区的河水输送到沙漠里。后来她的母亲在内华达山脉的直升机空难事故中丧生，她的父亲不得不去格拉纳达的医院里辨认遗体。那是朱莉塔人生中经历的第二起失踪，有时候她做梦会把事情弄混，梦到她母亲被丰田卡车掳走了。

过了片刻，我问她是在哪里学会了询问我母亲病历的技巧。

"哦，因为我英语好，所以我负责诊所所有的档案管理工作。"

她包裹在运动鞋里的脚趾抵着水泥地板，就像在用力踩灭烟头一样。我低头一看才发现她踩死了一只蟑螂。

"那为什么把治病叫作理疗？"我看向她的眼光中多了

几分探究，因为我已经看过她的自画像了。

她坐到已经开裂的皮质大沙发上，跷着腿，手里拿着啤酒。"请坐。"她指着桌旁三把木质椅子中的一把说道。

我把椅子朝沙发挪了挪，坐了下来。工作室明亮又凉爽。我喜欢和她待在一起，一边喝啤酒一边聊天，说实话，我已经很久没像现在这样感到平静了，平静得像一只在海里安静漂浮着的小鸟，任由海浪带我游荡。我感觉很自在，这也意味着，她并没有把我当成怪人，所以，我也没必要扮成另一个不那么奇怪的人，也不用成为变色龙。

也许我也喝醉了。

她一边喝，一边问我喜不喜欢这个牌子的啤酒。她更喜欢埃斯特拉，而现在喝的是生力。

我喜欢。

"理疗是我们诊所的主要业务。我父亲有自己的策略和程序，同时他也一直在寻找你母亲的病因。他测试了她肌肉和大脑的电波活动，但没有发现什么问题。他认为自己并没有忽略任何罕见的器官机能或血管疾病。"

"嗯，"我说道，"不过我刚刚是问你病历的事。"

"索菲亚，最好不要把她的肢体麻痹与身体虚弱混为一谈。"

"所以我们才来西班牙，看看是否存在生理方面的原因。"我越说越大胆。

她抬头看着我微笑。我也微笑着。

也许我们是在互相模仿对方的微笑，就像变色龙一样？

不过她的牙齿白得光彩夺目，大部分是陶瓷做的，效果十分完美。我不知道为什么完美会显得有点怪异，不过看上去的确如此。我莫名联想到了陶瓷贴面，要是它们剥落露出了里面怪兽般的尖牙，该怎么办呢？

朱莉塔把头靠在沙发上，看着运动鞋鞋头上的黑色污渍。"档案管理还算是我的工作里比较有趣的内容。我不想学理，但还是听从父亲的命令，在巴塞罗那学了临床实践。我每天都无聊透顶。他们想要我专攻术后出血的防治。简直是灾难！"

"那你为什么没有去读艺术学校？"

"我没有那个天赋。不过，是我建议父亲用大理石建诊所，以此纪念我已故母亲那苍白的皮肤。"

我们像是一对双胞胎，一个没有母亲，一个没有父亲。

和朱莉塔在工作室里聊天真的很开心。她告诉我她不住在这里，因为经济萧条，她才有机会买下这处房产的部分产权。我渐渐意识到她的厉害之处。初次见面时，她穿戴得整洁时髦，我还怀疑她是否能胜任这份工作。不过我希望护士或理疗师是怎样的呢？她和她父亲之间的问题宽慰了我，因为我和自己的父亲之间也存在问题，并且她还对我正在写的博士论文产生了兴趣。不知不觉我和她谈起了关于文化记忆的论文主题。我告诉她，当一切顺利时，我会心生愧疚，就好像是发生在我身上的好事导致我母亲身上发生了不好的事。

"露丝肯定会第一个告诉你，这种愧疚感会使人残疾。"她指了指天花板，一只蜘蛛在房梁中间织了一张细网，一只黄蜂刚好掉到了它的丝质陷阱里。

我一边喝着啤酒，一边告诉她，我实在不想回到西班牙海边的那个临时住所，继续忍受已经停药的母亲，但我无处可去。我一直寄人篱下。

我们聊了很久。

蜘蛛蹲在网上毫无动静，黄蜂也一动不动。

我再也无法掌控时间。

朱莉塔·戈麦斯现在是一个秘密持有者，这其中有一些是关于我的，但大部分是母亲向她坦白的童年记忆。如果说露丝的骨头是治疗对象，那么橱柜里展陈的骨头就是另一个话题了。一代代传下来的东西都保留在她的音频档案里。我再次询问朱莉塔为什么把这个过程叫作理疗。难道是因为我母亲的记忆藏在她的骨头和肌肉里吗？

"索菲亚，在这方面你是专家，因为你现在写的论文就是关于文化记忆的。"

我们聊了一个多小时，我开始怀疑是不是在公寓里藏了录音设备。我有点紧张，我已经吐露了太多，不过她也坦陈了些自己的事，因为在我们谈话的过程中，她又喝掉了两瓶啤酒。无论如何，我已然开始把她当作榜样——不过我学不会她穿衣打扮的风格，穿不了名牌鞋，也喝不下太多啤酒，更学不会她的访谈技巧。在接下来的聊天中她保持着沉默，但也并不只是木然地倾听。我正检讨自己的采访方式有什么不足时，外面响起了摩托车马达的轰鸣声。我曾有个采访对象，他一旦被打断，就会立刻变得不知所措。我打断他之后，他直接就走开了。有人站在朱莉塔的门前对着信箱大喊。门被推开，金属摩擦水泥地面的声音传来，随后门又关上了。

马修走进了工作室，手里拿着一瓶葡萄酒。当他看到坐在椅子上的我时，脑袋猛地抽动了一下，就好像有人用叉子划了他的脸。他试图把自己的表情挂到空挡——贝凌格的这个挡位总是最让我头疼。他此刻也表现不佳。

"哦，嘿，索菲亚。"他扫了一眼沙发上的朱莉塔，然后把头侧向一边，让头发掉下来挡住自己的眼睛。"我来给照顾你母亲的护士送一瓶我酒窖里的葡萄酒。"

朱莉塔张开嘴，露出了光洁的牙齿。

"不行，马修，进我家前一定要先敲门。门上有门铃，就在我的名字旁边。"她把目光投向我。"马修以为他可以随时在我工作时走进来。不知道出于什么原因，他以为他可以对着我的信箱大喊大叫，随心所欲。所以，我现在要和他单独相处一会儿，把应有的礼节教给他。"

马修紧紧盯着地板上被踩死的蟑螂。

"真是个麻烦的人。"

朱莉塔站起身来，用涂着红色指甲油的手指着他。"你到底是我的病人，还是来给我送酒的？如果你想引诱你的理疗师，那倒不是什么奇怪的事，但是像猫撒尿一样把这种想法喷在她父亲工作的地方，那真是荒唐。"

我想知道她说的"荒唐"是不是马修常说的那个意思，又或者她真是那样认为的吗？他躺在吊床上像集团救世主一样把手臂张开时，确实看上去有点疯癫。

"没错。"马修摇摇头，露出了眼睛，并冲我的方向竖起了大拇指。"朱莉塔觉得我是只猫。戈麦斯诊所真是喜欢动物。"

我穿过女孩们练弗拉门戈舞步的小公园往回走。那些小女孩已经走了，取而代之的是高年级的女学生。我靠着一棵柠檬树，看她们跳舞。这些女学生大约十六岁，穿着鲜艳的裙子站成一排。音乐响起时，她们还是一动不动，但一瞬间便弓起背，抬起手臂。她们跳的是诱惑和痛苦之舞。

勇士英格丽德

我们成了恋人。英格丽德赤身裸体，顶着一头浓密的金发。她的脸上沁出一层细密的汗珠，手腕上戴着两串金手镯。在我们的头顶，风扇的叶片转动着，发出咔嗒咔嗒的响声。我们现在待在别墅的里屋，这是一栋带马厩的大宅子，附近就是位于卡沃德加塔自然公园中心的圣何塞观光景点。英格丽德的三台印度缝纫机被放在一张长桌上，旁边是几卷布料，还有她为亚洲和欧洲客户重新设计的衣服。一道拱门如石廊柱一样通向淋浴间，这本该是工作室，但床占据了它的大部分空间。这张巨大的床是为勇士们准备的，全棉质地的床单非常柔软。英格丽德告诉我，这些床单不是普通的白色，而是不带一丝黄色的纯白，她把床单从柏林一路带到了西班牙。

石头砌的壁炉已打扫干净，旁边放着一篮子柴火。在一根粗大的干燥木头上放着一把小斧头。冬天时，有人会拿这把斧头劈开那有着一圈圈年轮的木头生火取暖。而此刻，屋外温度高达四十摄氏度。

我喜欢

——她解开布满刺绣的腰带

——她对自己身体表达喜爱的方式

——她赤裸的双脚被红土覆盖的样子

——她肚脐上的宝石像一潭湖水，我的头就靠在它旁边。现在比过去更加神秘。她像风中翻转的叶子一般，变换着姿势。

透过紧闭的窗户，我瞥见一棵高大的仙人掌，六条绿色的茎上挂满了带刺的浆果。这让我想起我曾经站在楼梯上，对着一个根本不存在的人挥手，但这段记忆已经消退，因为我正去往其他的地方，很可能是去往另外一个国度。那个国度由英格丽德统治着，她的身体修长而结实，就像，高速公路。

我喜欢

——她的力量

——她对我的身体表达喜爱的方式

——她从男友精美的酒窖里偷出来的红酒

——她的力量吓坏了我，我确实被吓到了

——床边桌子上的无花果面包

——她用英语念出我名字的样子

她有着婀娜的身体曲线，但有时她说话的语气像马修一

156

样。她会说诸如"这间房子真是小得不可思议""这些柴火是雪松木，烧起来不会很难闻吗"的话，她还会用一个奇特的短语——"任务蠕变"。

我问她那是什么意思，当她告诉我后，我感到莫名其妙，因为那是个军事术语。就好比她在作战时，战斗目标发生变化，偏离了事先制订的任务计划。我又想起了玛格丽特·米德，她的数任丈夫和其他一些事情，我记起她还有一个同为人类学家的同性恋人。我在墙上写下那句引用的话时，心里一定在想着这些。

我不用像玛格丽特·米德一样，远赴萨摩亚群岛或塔希提岛去研究人类的性欲。从婴儿到成人的这段时间里，我唯一了解的人只有我自己，而我对自己的性取向却十分迷惑。英格丽德的身体犹如一颗裸露的灯泡。她伸手捂住我的嘴巴，但她自己的嘴巴却大张着。认识她之前，我就曾看到过她的脸，先是在洛尔卡酒店，然后是在一面镜子里，真是时光悠悠，现在她直起身，我们换了个姿势。

和英格丽德见面不是事先安排好的，但我们彼此心照不宣，就像跌落前的擦伤，它就在那里。

过了一会儿，我们走进淋浴间，这里从墙上到天花板全都贴满了灰色的方形瓷砖。水倾泻而下，如热带风暴一般猛烈，只不过这水异常冰凉，流过我们的胸口时，我们直哆嗦。

淋浴完走出浴室的时候，我们都觉得有什么不对劲。似乎有一种危险在逼近，虽不可见却真实存在，无声无息却令人毛骨悚然。之后，我们看到它从壁炉旁的柴火篓里爬出来，通体发蓝，像一道闪电般划过石头地板，爬向窗户旁的角落。

"是条蛇。"英格丽德语气平静，但音调比平时高一些。她身上裹着一条白色的浴巾，头发湿淋淋的。她又用西班牙语说了一次："蛇。"

她走过去取那把放在原木上的小斧头。蛇躺在墙边一动不动。她蹑手蹑脚地朝蛇的方向缓慢前进，手里握着斧头，就仿佛那是一根高尔夫球杆，石头地面留下一串湿漉漉的脚印。她将斧头抬高几英寸，然后对准蛇头重重地砍了下去。被砍成两半的蛇蜷曲了起来，然后继续扭动。

我浑身发抖，但我知道我不能大喊大叫或让英格丽德看出我的恐惧。她用斧头把蛇翻转过来，蛇的腹部是白色的。它的身体还在扭动。她转向我，手里拿着斧头，围裹着她身体的浴巾像一件罗马长袍，她的上臂因为上过拳击课而变得强壮结实。她用德语说了一句："蛇死了。"

我让她走开，但是她希望我过去。她那可以将线穿过最精细的缝衣针的手指仍然抓着斧头，我害怕了，不过我从第一天见到她起就害怕她。我并不确定蛇是否已经死亡，虽然它已经身首异处。我过去倒了一杯马修的葡萄酒，一饮而尽，我的嘴唇发紫，舌头颤抖，酒的味道就像捣烂的梅子加上月桂叶。我走到她面前亲吻她，左手搂住她的腰，右手将斧头从她手中拿开。

我们穿上衣服，完全忽略了房间里还有一条死蛇。我们戴上戒指，调整耳环，梳好头发，然后离开了房子。织法细密的柔软白色床单、缝纫机和布料，厚重的墙壁和木质房梁，无花果面包，盛放美酒的酒瓶，一条被砍成两段的蓝色的蛇，地板上湿漉漉的脚印，还在滴水的花洒。

就在我们去取车的路上，我看见一个穿着米色紧身马裤的男人，他倚在门边，身材矮小，皮肤黝黑。英格丽德告诉我他就是那个叫莱昂纳多的马术老师，也是出租这间屋子给她的人。他一边抽烟，一边端详着她，随后又将目光转向我。

我拨开挡在眼前的头发，感觉他试图通过眼神告诉我什么，就像在小酒馆里进行危险的毒品交易，一方偷偷塞给另一方一沓脏兮兮的纸币，他让我感到很不安。

他在告诉我，他不太喜欢现在所目睹的情景，并且我应该被挫挫锐气，应该被他的眼神震慑到。

他正让我变得更软弱。

我不得不回击，我要用我的目光砍下他的头，就像英格丽德砍下蛇的脑袋一样。于是我瞪回去，直盯着他的眼睛。

他怔住了，香烟夹在大拇指和食指之间，手停在半空中。

英格丽德突然朝他跑去，亲吻他的嘴唇。他这才回过神来，和她击掌。当英格丽德活力四射地靠向他时，他们的手还握在一起，从击掌的时候起就没松开过。

她过去的时候似乎带着某种背叛——是的，我可能确实和她在一起了，但是我和她不一样。我的心属于你。

他们用西班牙语交谈起来，附近马厩里的马儿不时地跺一下蹄子。

我不确定英格丽德想从我这里获得什么。我的生活没什么好羡慕的，就连我自己都不想要。但即使我已向黯淡无光的生活（生病的母亲、无望的工作）认输，她还是对我心存渴望，想获得我的关注。

英格丽德正在和莱昂纳多说她收拾了一条蛇，莱昂纳多用手指按了按她右臂的肌肉，好像在说："你得有多强壮啊，居然能独自杀死一条蛇。"

他棕色的真皮马靴长及膝盖。

英格丽德看起来欣喜若狂。"莱昂纳多说要把他的靴子送给我。"

"没错，"他说，"你可以穿上这双靴子，再骑上我最厉害的那匹安达卢西亚马。它叫国王，因为它是马中之王，它的鬃毛和你的头发一样美丽。"

英格丽德笑了起来，她倚靠着莱昂纳多，拿手梳理着自己的头发。我转身面向莱昂纳多，语气平和地说道："她还会手持弓箭骑在你的安达卢西亚马上。"

英格丽德用手背轻抚自己的发尾。

"哦，是吗？佐菲，那我要射向谁呢？"

"射向我。你会用你那欲望之箭，刺穿我的心脏。事实上，这已经发生。"

英格丽德先是感到震惊，然后迅速用手捂住了我的嘴。"佐菲有一半的希腊血统。"她对莱昂纳多说，好像这就能解释一切。

莱昂纳多友好而温柔地捶了她一下。他会找时间把靴子带给她，然后教她怎么把它擦亮。

"谢谢你，莱昂纳多。"她的眼睛大大地睁着，脸都红透了。

"佐菲准备开车送我回家，她还是个新手司机。"

跛脚

我已经三天没睡觉了。高温。蚊子。海里的水母。荒山。因为我重获自由但有可能已经淹死的德国牧羊犬。海景房外无休止的敲门声。现在我把门锁上，不再应答，除了昨天来拜访的胡安，他正好休假，提出要骑小摩托载我去卡拉圣佩德罗。那里是唯一一片有淡水泉的沙滩。他说我们前半程可以骑车，之后他的朋友会开船带我们去那里。我告诉他，我的母亲很忧郁，她是跛的，我是她的腿。我不知道该如何自处，我也开始跛足而行。我的车钥匙丢了，发梳也找不到了。

有关蛇的小插曲以及莱昂纳多对我的轻视不断和我其他的想法相碰撞。

从英格丽德手中拿走斧头的时候，我其实很害怕，但这不足以扼杀我的好奇心，我很想知道接下来会发生什么。

莱昂纳多成了她的新盾牌。

母亲正跟我说着话，但我根本没在听，她一定是察觉到了，于是提高嗓音："我想你又在大太阳底下度过了愉快的一天吧？"

我告诉她我什么也没做，我整日无所事事。

"无所事事多么美妙啊！这本身就是一种特权。我已经停药了，现在就等着看会发生什么。"

她瞥了一眼手腕上的黑帮手表，它还在嘀嗒运转，走时精准。她看着指针移动，心事重重。彻底停药对她来说很不容易。等待新的病痛来临是她人生中的重大冒险。她就这样一边等着，一边撕着白色软面包，用手掌把面包屑揉成小球含在嘴里，一连好几个小时。这些小面包球就像她以前服用的药丸，给了她些许安慰。她就这样等着，日复一日地等待可能并不会发生的事。一首小学时学过的儿歌浮现在我脑海中：

我走上楼梯
看见一个从未出现过的男人
他今天又没有出现
我希望，我希望他已经离开

"可能根本没有副作用，"我说，"昨天没出现，今天也没出现啊。"我问她要不要吃点比面包更有营养的东西。

"不用了。我吃东西只是因为不能空腹服药。"

我不知该说什么，便转身背对她，盯着破碎的电脑屏保。

"索菲亚，我应该让你很烦恼。其实我自己也很烦闷。你今晚打算怎么帮我解闷呢？"

"不。你给我解闷。"我更加大胆了。

她抿紧嘴，露出了比平时更痛苦的神色。"你是不是觉得像我这样饱尝痛苦、孤立无援的人看起来像个小丑？"

"没有。我没这么想。"

电脑屏保上的星座从我眼前飘过，它们形状模糊、难以界定。其中一个看起来像一头小牛犊，它该怎么在这片银河里寻找草料呢？恐怕只能吃星星了吧。

露丝戳了一下我的肩膀。"我跟医生说，我患有慢性退行性疾病，并且情况还在恶化。医生承认他不太了解慢性疾病。他说这可能会让现在的病人感到惊讶。我确实很惊讶，我们付钱是让他干什么的呢？他说目前暂时还无法诊断出我疼痛的原因。我只知道这疼痛一天比一天严重。"

"你的脚疼吗？"

"不疼。它们已经失去知觉了。"

"那什么样的疼痛会与日俱增呢？"

她闭上眼睛，又睁开。"你可以帮我的，索菲亚，去药店给我买点止痛药吧，在西班牙买药不需要医生的处方。"

我拒绝了她，于是她说我越来越胖了。她又要喝茶——

约克郡茶，她说自己太想念那些连绵起伏的丘陵了，她已经有二十年没见过它们了。我把茶端给她，马克杯上写着"猫王①不死"的字样。她一把夺过，一脸委屈，就好像我给了她不想要的茶，还强迫她喝下去。难道是杯子上"猫王不死"几个字让她生气了？如果我提醒她猫王其实已经死了，她会不会高兴起来？委屈。不满。悲痛。她住在一栋叫作"不满山庄"的楼里。那我呢？我是不是也得在这里住下呢？会这样吗？她是不是已经替我安排好了其中的一间公寓？如果我没钱住在其他地方呢？我必须把我的名字从入住这座山庄的候选人名单上划掉。在这个名单上，孤苦伶仃的女儿们排着长队，妄图回溯至时间的源头去一探究竟。

露丝坐在椅子里。她的背影看起来糟透了，可以说是不堪一击。从背后看一个人，才更可能看清他的面目。露丝的头发用发夹别了起来，我能看见她的脖颈。她的头发日渐稀少，脖子上散落着几缕卷发，但在如此高温的沙漠里，她肩上整齐地披着羊毛开衫，让我觉得她继承了她母亲遵守的仪态规范，并把它带到了阿尔梅里亚。这件羊毛开衫令人动容。我对母亲的爱就像一把斧头，它的凿痕很深。

"索菲亚，你还好吗？"

在我的记忆里，一直都是我问她这个问题。如果我没有

---

① 埃尔维斯·普雷斯利（Elvis Presley, 1935—1977），美国知名摇滚歌手、演员。

大声问出来，也会在心里默念：母亲还好吗？她没事吧？露丝的语调听起来很生气，抑或是有点困惑。我突然想到，她不这么问我的原因，可能是她并不想听到答案。问题和答案是一种复杂的代码，正如复杂的亲属关系结构。

F＝爸爸，M＝妈妈，SS＝同性，OS＝异性，我没有G（兄弟姐妹）、C（孩子）和H（丈夫），没有教父或教母（我们视其为虚构的亲属，他们会编造自己的责任与义务）。

我不好，一点也不好，这种状态持续很久了。

我没告诉她我有多么心灰意冷，我为自己不够坚韧以及很多其他的事而羞愧，我想要更有意义的生活，但到目前为止，我都不敢为我所渴望的事情努力争取；我害怕命运已经写就，我要像母亲一样过沉沦的生活。这就是为什么我不停搜寻她的跛脚和世界进行对话的答案。但我同时又很害怕她的脊柱会出现问题，或是她真的得了重病。在西班牙南部的那个夜晚，"重"这个字在我心里挥之不去。那是晚上七点，正值薄暮时分，日照漫长的白天结束，夜晚降临。我紧紧盯着电脑屏保上破碎的孤星和乳白色的云层，它们共同组成了这片破碎的宇宙。我听见自己喃喃自语，说着什么迷路，迷失的宇宙飞船，戴好头盔，以及有些事情不对劲，我和地球已经失去联系，没人能听到我之类的话。

我看见露丝拖着脚走路，左脚踝在拖鞋里呈现出扭曲的模样。我不确定我在唱歌给谁听，是M，F，H，G，虚构的教父教母还是英格丽德·鲍尔。我能闻到广场咖啡店里炸鱿鱼的香味，但我还是思念英格兰，以及那里的吐司、奶茶和乌云。我听见自己的伦敦腔调，当然了，那是我出生的地方，接着我离开了房间。我的母亲在叫我，她一遍又一遍地呼唤我的名字，"索菲亚，索菲亚，索菲亚"，然后她喊了起来，并不是生气时的那种叫喊，我希望鬼魂般的母亲能从那些支离破碎的中国制造的星星中浮现，然后告诉我明天又是新的一天，对我说，你会安全着陆，一定会的，一定。

我走进厨房，桌子上摆放着仿古希腊花瓶，上面绘有女奴头顶水罐的图案。我一把抓住花瓶，将它摔在地上。花瓶支离破碎，水母蜇伤处的毒液让我感觉自己正以最奇异的方式漂浮起来。

我一抬头，看见母亲站着——她站在厨房里，周围是仿古希腊花瓶的碎片。她很高，肩上披着轻柔的羊毛衫。她一生都在工作，也取得了驾照，但如果身处古希腊，她既不会成为公民，也不会被当成外国人。她无权站在这些曾经是完整文明的碎片里，那个完整文明将她视为一尊孕育的容器。作为女儿，我将这容器摔碎在地上。我母亲却试图把碎片重新拼凑起来。我记得。我记得她自学制作咸味山羊奶酪给父亲。她加热牛奶，往里添加酸奶，搅拌凝乳再切开，用细布和盐水操作一番，最后放在罐子里腌制。她在给父亲的烤羊肉里加入药草，这药草她在约克郡的沃尔特从未听说过。但父亲离开后，她无力偿还买药草和奶酪的账单。我记得。我记得她不得不走出厨房，去做别的事。我记得她关上烤箱，穿上外套，打开前门，那匹狼就坐在门垫上虎视眈眈，但她赶走狼，在外面找到了一份工作。当她日复一日在图书馆给图书编索引的时候，她不会嘬起嘴唇或者夹卷睫毛，但她的头发总是那样完美，只用一个发夹别住。

"索菲亚，你怎么了？"

我准备告诉她，但广场上一位杂耍演员放起了爆竹。听到孩子们的笑声，我知道那人一定踩着独轮车，嘴里能喷出火来。我望着仿古希腊花瓶的碎片，心想这也许是个预示，说明我该去雅典找我父亲了。

无可奉告

父亲正在雅典国际机场等着我，但他不是一个人。我独自一人拖着行李箱。他身旁则站着新任妻子，她手里还抱着刚出生的宝贝女儿。我朝他挥手，我们之间只有行李箱轮子划过大理石地板的声响。我们十一年没见过面了，但还是能毫不犹豫地认出彼此。当我慢慢走近，父亲也朝我走来，接过我的行李箱，亲吻我的脸颊，欢迎我的到来。他的皮肤晒得黝黑，整个人很放松。要说有什么变化，那就是他的头发变得更黑了，我记得他以前一头银发。他身穿一件蓝色衬衫，那衬衫被精心熨烫过，胳膊肘和衣领处折痕分明。

"你好，克里斯托。"

"叫我爸爸。"

我不确定自己能否办得到，但我可以在写作时这么称呼他，看看会是什么样子。

去他新家的路上，爸爸问了问我的旅途。我有没有小睡一会儿？飞机上提供小吃吗？我是否坐在靠窗的座位？飞机上的厕所干净吗？然后我们来到了他妻子和小女儿身边。

"这是亚历山德拉，这是你的妹妹伊万杰琳，她名字的寓意是信使，像天使一样。"

亚历山德拉一头又黑又直的短发，戴着眼镜。她容貌普通，但很年轻。她穿着李维斯牌蓝色牛仔衬衣，胸口那片布料被自己的奶水浸湿了，看上去气色不好，整个人很疲惫。我注意到她还戴着矫正牙套。她透过眼镜镜片仔细看着我，开朗且友好，虽然略微有些戒备，但还是对我表示欢迎。我看了一眼伊万杰琳，她的头发也是黑色，而且很浓密。我妹妹睁开她的眼睛，那褐色的双眸明亮动人，像屋顶上闪闪发光的雨滴。

当父亲和他的妻子低头注视伊万杰琳时，我能从他们的眼中看到最真挚的爱，那是一种不加掩饰、毫无羞愧的爱。

他们是一家人。他们站在一起，六十九岁的男人和二十九的女人，显得无比和谐。在很大程度上他们并不匹配，一家人看起来像是父亲、女儿和孙女的组合，尽管如此，他们之间的情感却毋庸置疑。我的父亲，克里斯托·帕帕斯特吉亚迪斯，要照顾两个新的女人，他过上了另一种生活，而我是那曾经让他感到不幸福的旧生活的一部分。为了给自己勇气，我用发卡别住头发。发卡是在西班牙买的，上面有三朵绯红的弗拉门戈花朵。

爸爸前去取车，让我们在外面的接客点等候。他告诉我一些信息，这里有 X95 路巴士，就停在机场出口外，票价是五欧元，如果我下次再来雅典，便可以乘坐这辆巴士到达市中心的宪法广场。爸爸把车钥匙在伊万杰琳的头上晃得丁零当啷响，像一个慈爱的祖父一般，随后便穿过一扇玻璃门消失了。

我准备去咖啡亭买杯冰咖啡，便问亚历山德拉要不要来一杯。她拒绝了，因为咖啡因会进入她的乳汁，伊万杰琳喝了会过于兴奋。她笑起来时会露出牙套，显得比我还要年轻。我想知道她分娩时是否也戴着牙套。她问我是做什么的，我吸了一小口星冰乐，说我还没想好应该拿着人类学学位干点什么。

"你应该去帕特农神庙看看，你知道吗，那可是古希腊幸存至今的最重要的建筑遗迹。"

是的，我知道。

但我只在心里做了回答，没有大声说出来，她便又问了我一遍。

"帕特农神庙。"她重复道。

"是啊，我听说过的。"

"帕特农神庙。"她又说了一遍。

"那是一座庙。"我说。

亚历山德拉穿着灰色毛毡拖鞋，鞋尖有白色的团状毛毡，看起来像柔软的云朵。这些云朵上还有扣子，像眼睛一样，她移动双脚的时候，扣子便跟着转动。云朵会有眼睛吗？有时候乌云会被比作一张鼓着腮帮子的脸，预示着狂风将至，但是它们没有会转动的眼睛。那双鞋并不是云朵，它们是羔羊。

见我盯着她的脚看，亚历山德拉笑了。"这双鞋穿起来很舒服，只花了不到七十欧元。这确实是室内拖鞋，但鞋底是结实的橡胶材质，所以也能穿到室外。"

我父亲的小新娘戴着牙套，穿着动物拖鞋。我上下打量她，说不定还能发现瓢虫耳环或笑脸戒指，但我只看见她脖子和嘴唇上的几颗痣。我意识到母亲其实很精致，隐匿在疾病背后的是一个富有魅力的女人，她知道如何穿衣搭配。

车到了，爸爸把亚历山德拉和伊万杰琳扶到后座。我已经大声说了好几次"爸爸"，还默念了好几遍，我喜欢这个词。亚历山德拉抱着孩子，爸爸花了一些时间给妻子系上安全带。他打开一小块白布，铺在亚历山德拉的膝盖上，还用英语跟她说补补觉。然后他示意我坐到前排的位置上。我的行李箱在后备厢里，我的父亲驾车沿着高速公路驶向雅典，他一路上都在看后视镜，确认他的家人安然无恙，也会朝亚历山德拉微笑让她放心，他就在这里，而不是别的什么地方。

"索菲亚，你目前住在哪里？"

我告诉他我周一至周五睡在咖啡屋的储藏室里，周末住在露丝家。

"你在西班牙休息得好吗？会在午后小憩吗？"

他挺喜欢用"小憩""打盹""休息"这类词语。我向他解释说自己的睡眠并不多，大多数夜晚我都难以入睡，想着我没有念完的博士学位，以及其他一些事情，其中大部分和生病的母亲有关。我告诉他我现在会开车了，他表示祝贺。我向他解释，自己其实还没有驾照，但会在回到伦敦后立马着手解决这件事。这时伊万杰琳发出不舒服的声音，他立刻用希腊语对亚历山德拉说了些什么，亚历山德拉也用希腊语回答了他，而我一个字都没听懂。爸爸解释说，"危机"导致现在药品短缺，他们必须留意伊万杰琳的健康状况。过了一会儿，亚历山德拉问我为什么不会说希腊语，我父亲用英语替我做了回答。

"索菲亚在学语言这件事情上没什么天赋，她周三和周六也不去希腊语学校，因为她妈妈觉得在英语学校的学习就够她忙活了。"

事实上，我在英语学校根本无事可做。我带一瓶子的汤去学校，有时是用小扁豆做的希腊汤。

"亚历山德拉能说一口流利的意大利语，说实话，与其说她是希腊人，倒不如说她更像个意大利人。"我父亲按了两次喇叭。

这时我听见一个童稚的嗓音说："Si, parlo Italiano.[①]"我

[①] 意大利语，意为"对，我会说意大利语"。

吓得跳了起来，父亲赶紧猛打方向盘转弯。

亚历山德拉正咯咯地笑着，见我转过身去，她立刻用手捂住嘴。"你出生在意大利吗？"不知道为什么，我的语调听起来不太开心。可能是因为她揭穿了我的真实身份——这辆散发着呕吐物味和奶味的车里唯一的外来者。

"我也不是很确定。"她摇摇头，似乎这是个未解之谜。

人的身份总是很难确认。

我把带花的发卡从头上拿下来，让杂乱的卷发随意披在肩上。我的嘴唇仍在开裂，就像欧洲的经济，就像各地的金融机构。

那天晚上，我听见父亲哼着希腊语歌曲哄伊万杰琳睡觉。我的妹妹学习父亲的语言一定很有天赋吧，她会学完这张字母表，从 alpha 到 omega，二十四个字母和它们的各种形式。

174

真挚的爱将会是她学习的第一门语言。她会在很小的时候学会说"爸爸"，并且真心实意地认同这个词的含义。而对我来说，学习"症状"和"副作用"这门语言则更容易，因为这是我母亲使用的语言。可能这就是我的母语。

他们的公寓位于树木茂密的科洛纳基区，室内墙上到处是镶框的唐老鸭海报，室外的墙上则画着 OXI OXI OXI 字样的涂鸦。亚历山德拉解释说 OXI 在希腊语里是"不"的意思，我说是的，我知道它的意思，但是怎么会有这么多唐老鸭呢？很明显它们是被打印在胶合板上，装上挂钩再寄过来的。她说这些海报让她开心，因为她童年时没有看过任何动画片。她指着各种唐老鸭——穿水手服的唐老鸭，穿超人装的唐老鸭，从鳄鱼嘴里逃生的唐老鸭，戴着紫色巫师帽的唐老鸭，在马戏团跳火圈的唐老鸭。

亚历山德拉又笑了。"他就是个孩子，喜爱冒险。"

唐老鸭是个孩子，还是热血少年，抑或是不成熟的成年人？又或者他像我一样，是所有这一切的集合体？他会哭泣吗？下雨会对他的心情造成什么影响？他什么时候会说"不"，什么时候会说"是"？

我母亲在家里的墙上挂了七幅英国画家洛瑞的画作，她喜欢他在画中表现的英格兰西北部工业区在下雨时的日常生活场景。洛瑞的母亲患病且抑郁，他白天照看母亲，晚上等母亲睡下后才开始画画。我和母亲从没谈起过洛瑞的这部分生活。

亚历山德拉让父亲摆桌子准备吃晚饭，自己则带我去看家里的那间空房。

"别用最好的盘子。"她说，但不用说父亲也知道。如果我母亲和洛瑞的母亲是盘子，那她们既不是最好的，也不是最差的，她们的底部会打上生产地点的印记——"产自苦痛之地"。

这些盘子会被摆放在架子上，像传家宝一样被她们不幸的孩子继承。

我的小妹妹伊万杰琳，她将会继承什么呢？

航运生意。

"索菲亚，"我父亲说，"我把你的花朵发夹放在你房间的桌子上了。亚历山德拉会告诉你在什么地方。"

空出来的那间房没有窗户，令人窒息，床是张坚硬的露营床。这不像卧室，倒像个储物间，就像我在咖啡屋的房间一样。亚历山德拉小心翼翼地关上门，以免惊醒伊万杰琳，还一边发出"嘘、嘘"的声音以示安静，最后一下嘎吱声过后，她终于关好了门，踮起穿着绵羊拖鞋的脚穿过走廊。我躺倒在床上，十二秒过去了，我换了一下枕头的位置，床塌了，倒在地板上，还撞翻了放着我那绯红花朵发夹的床头桌。伊万杰琳被惊醒，大哭起来。我还倒在地板上，床头桌压着我的胸部，我开始用双腿做圆周运动，借此在坐完飞机后伸展一下。此时，门打开了，父亲走了进来。

"别进来，爸爸，"我说，"别进来。没有敲门请不要进我的房间。"

"你有没有受伤，索菲亚？"

我沉默地躺在损坏的家具中间，继续活动双腿。

桌子上摆了三个不算最好的盘子和一壶水，我父亲背了一段祷告文，开头是"谦卑的人必吃得饱足"，然后他又用希腊语吟诵完剩下的内容。之后，他静坐着，亚历山德拉把意面盛到他的盘子里。亚历山德拉告诉我这是道意大利地方菜，是她亲自用凤尾鱼和葡萄干制作的，因为她喜欢一道菜里同时有甜味和咸味。父亲在念完祷告文后就一言不发，亚历山德拉只好替他说点什么。她问我在西班牙时住在哪里，有没有看过斗牛比赛，喜不喜欢西班牙菜，还问了那边的天气情况，但没人提到雅典的动乱，没人问起我的母亲。如果露丝是房间里的大象[①]，我知道唐老鸭是不会把她赶出去的。他也许会骑在她的背上，或者用石头弹弓射她的头，但对唐老鸭而言，她是个巨大的野兽，只凭那双橙色的蹼，根本无法把她赶走。

我父亲突然开口了："我向主袒露我的羞耻，他仁慈地给我启示。"他的眼睛盯着面前的盘子，但我想他是在和我讲话。

---

① 英文俗语，意指"无比显眼但人人避而不谈的事物"。

密谋

事情变得更糟了。原来亚历山德拉是个主流经济学家。这也不无好处，因为我来雅典就是为了向父亲讨债，讨要他的缺席对我造成的亏欠。或许他已经在心里赦免了自己，因为他把余生的父爱都给了我的妹妹伊万杰琳。

我想他很清楚我是他的债主，头脑糊涂，衣着寒酸。我应该打扮一番，绷紧下巴，穿上外套和短裙，和他一起走进带聚光灯的沉闷的房间，翻译人员会帮我们达成协议，但我的身体已经习惯了沙漠炎热的夜晚里那些亲吻和拥抱。对他来说更容易的做法是将我从他的生活里彻底粉碎清除，但出于某些原因，他希望我接纳亚历山德拉。她是他最宝贵的抵押物，他为她感到骄傲，我明白其中的原因。她关爱孩子，关心丈夫，这让他变得温和而平静。

父亲的欠债由来已久，当他第一次违约后，我的母亲抵押了我的生活。

我现在就在美杜莎的诞生地，她在我的身上留下毒液和暴虐的伤疤。我坐在一张巨大而柔软的蓝色沙发上，亚历山德拉就在我旁边，调整她那亮闪闪的牙套。窗户都关上了，空调也开着。她的女儿躺在她胸口睡着了，吸尘器正在清理地板，她吮吸着一颗撒满粉末的黄色彩虹软糖。

成为债主的刺痛感便是那种让我感到快乐的力量吗？债主比负债者快乐吗？

实际上，我不再确定这其中的运行规则是什么，以及我想要获得的是什么。一切都成了未知。

钱又是什么？

钱是一种交换媒介。玉、牛、米、蛋、珠子、钉子、猪、琥珀都曾被用来付款和记账。孩子也一样。父亲舍弃了我，换来亚历山德拉和伊万杰琳，但我要假装没有发现这一点。

假装没有发现，假装已经忘却，这一直是我赖以生存的独特技能。如果我挖出自己的眼睛，一定会让父亲满意。但回忆是个条形码，我则是一台人体扫描仪。

亚历山德拉的嘴唇上沾了点糖。"索菲亚，我能看出来你是反对紧缩政策的。我是保守派，所以我更倾向于改革。我们要是还想留在欧元区，就不能暂停药物供应。你爸爸已经把钱从以前的银行里取出来，转存到一家英国银行，因为我们不知道未来会发生什么。"

听上去她好像要给我上课，于是我阻止了她。我毫不避讳地询问了她的教育经历。

原来她曾在罗马念书，后来在雅典上了大学。在遇到我父亲以前，她在某个重要机构里担任过前首席经济学家的研究助理，还做过世界银行经济政策主任的研究助理，后来在某个不太重要但也算是大型机构的地方担任过副总裁的研究助理。

亚历山德拉从桌子上的玻璃碗里拿出一颗软糖给我。"如果我们不履行义务，不按时还款，债主会扒掉我们的衣服。"她谈到经济危机时，就像在谈论一种传染性强、毒害极大的疾病。债务是一种传染病，肆虐整个欧洲，爆发后迅速蔓延，需要用疫苗进行控制。而她的工作就是监控这种传染病的症状和动态。

一边吃着软糖一边听她讲话真是痛苦至极。

屋外阳光明媚。

阳光很性感。

原来，她在怀上伊万杰琳之前，曾在布鲁塞尔的一家银行工作。周五办公室一关门，她就坐飞机回家去看我"爸爸"。

她拆出一颗绿色软糖放进嘴里。"索菲亚，我们都要从这场噩梦中苏醒过来，服下解药。"

这让我想起戈麦斯从我母亲的用药单上划掉药品的样子，但我没和这个刚成为我继母的人讨论这件事。

亚历山德拉用她两只棕色眼睛中小一点的那只急切地看

向我。"多年来，我的工作职责就是确保财政部长能让市场相信，一切都在掌控之中，欧元会存续下去。"她正擦着我那新生儿妹妹的背，还不时伸出被糖果染绿的舌头，我不知道她为什么那样做，可能和她的牙套有关吧。

她才比我大四岁，却已经在确保欧元会存续下去。

亚历山德拉的下巴上有两个斑点。爸爸可能隐瞒了她的真实年龄，伊万杰琳可能是她还未成年就怀上的孩子。我强烈怀疑她可能有一年的时间没跟爸爸以外的人说过话了。

"索菲亚，别以为无序退出欧元区不会影响到美国。"

实际上我还在想着英格丽德，以及她把蜂蜜涂在我干裂双唇上的那个夜晚，让我感觉自己正在被施以防腐处理。我在想着午夜时分和胡安躺在沙滩上，以及当我在村子里的超市买六瓶气泡水时，我多么渴望买下那本花哨的夏季杂志，因为它附赠杰奎琳·肯尼迪[①]同款墨镜。这副附赠的虫眼太阳镜据说是高仿版，白色边框上有杰姬的希腊风格签名，但是我只想把包装撕掉，戴着墨镜与英格丽德和胡安一起尽情在我的"欲望王国"的仙人掌丛间游荡。绣在我丝质吊带衫上的"挚爱"一词对我生活的改变远远超过了"欧元"。它就像打在舞台中央的聚光灯，我曾在台下看着它的光晕，但从没想过自己会成为台上的主角。

---

① 杰奎琳·肯尼迪(Jacqueline Kennedy, 1929—1994)，美国第 35 任总统约翰·肯尼迪的夫人，以高贵的气质、独特的品味和独立的个性赢得了世人的仰慕。

我并不确定自己有权拥有多少渴望。

亚历山德拉的左眼明显比右眼小。

"索菲亚，我在说美国呢。"

我一直都想去趟美国。来自丹佛的丹是我在咖啡屋时最亲密的朋友，我喜欢在磨咖啡豆和给蛋糕贴标签的时候，近距离地感受他的活力。我甚至怀念在做白咖啡的间隙和他一起做跳跃运动的那些时刻，其间他还会不停念叨自己没有医保的问题。上次我们一起做跳跃运动的时候，他在犹豫是否要去沙特阿拉伯赚点快钱，他说去的话就得带上百忧解[①]，来面对在那里女性不能开车的事实。当我回想着这一幕，我猛然意识到他当时可能在跟我调情。

我却在准备制作手工咖啡。

咖啡屋的储藏室似乎比雅典的这间空卧室大很多。既然丹睡在我那张沾了墨迹的床上，那他每天早上醒来会不会凝视我抄在墙上的那句玛格丽特·米德的格言？

可能咖啡屋也是一项田野调查，只不过我一直没发现罢了。

亚历山德拉还在喋喋不休地说着人们对欧洲解体如何担忧，以及这将对股票市场造成怎样的影响。过了一会儿，她问我母亲会不会想我。

---

① 一种治疗精神抑郁的药物。

182

“但愿不会。”

见我这么说，她似乎有些难过。

“亚历山德拉，你母亲会想你吗？”

“但愿如此。”

“你在布鲁塞尔的银行工作时，有自己的办公室吗？”

“有。而且我们还有三个带补贴的食堂，以及很受优待的产假政策。”

“你可以罢工吗？”

“那我得提前书面告知。你是反资本主义者吗？”

我知道她希望自己丈夫的第一个女儿反对一切，所以我懒得回答她。亚历山德拉已经和她的丈夫还有孩子一起登上了大船，我则待在一条小艇上，前往另一个方向。

她告诉我她还有百分之五的家用补贴，因为在家里她说了算。

在家里她说了算，而我除了母亲的家以外，并不知何处是家。

“你妈妈还爱着你爸爸吗？”

“我爸爸只会做对他自己有利的事。”我回答道。

她盯着我，好像在看一个疯子。然后她笑了起来。“为什么他要做对他自己不利的事？”

一只松鼠从阳台上方的树上跳下来，透过紧闭的窗户窥视我们。它看见了什么？我想大概是我家里的三代人吧。

我父亲为什么要做对他自己不利的事？她只是随口一说，但这个问题就像一阵风，刮过她家沙发上的蓝色褶皱，甚至把树上的松鼠引到了窗前。我会做对我不利的事吗？我倚靠着柔软的蓝色棉布，双手放在脑后，两腿向前伸直。我穿着短裤和那件英格丽德送我的黄色丝质吊带衫。亚历山德拉试着读出绣在我左边胸口处的蓝色词语，她眯起那只较小的眼睛，我可以看到她移动的嘴唇拼出了"挚爱"一词。她皱起眉头，好像不明白这个词是什么意思，但又羞于让我解释。

　　她拍了拍手，松鼠就跑开了。

　　亚历山德拉有自己的事业，有一个富裕又忠诚的丈夫，两人还有个孩子。想必她已经在富人区这套值钱公寓的房产合同上签了自己的名字，从而获得了一半所有权，此外她也有她丈夫航运生意的股份。她还信奉着某个上帝。我又置身何处呢？我过着前途不明、漂泊无定的生活，住在村子边缘仓库般的房子里。我怎么就没在村子中央给自己修建一座两层楼的房子呢？

　　上帝和父亲都不是我人生的主要情节。

　　我反对这些主要情节。

　　才对自己说了这些话，我又变得不那么确定了。我爸爸无疑是那张宇宙屏保的映射。他支离破碎，却仍正常运转。我没有替换我父亲的备用计划。这时我看到了母亲那双蓝色的眼睛，不大，但目光锋利，在她身体的残骸上闪闪发光。它们是这破碎星系中最闪亮的星辰。她做了对自己不利的事，而我不得不成为陪葬品，深受其害。当初如果她这样说会怎样呢："索菲亚，我要从头来过。现在你五岁了，我要离开你去香港，再见。我迫不及待要尝尝那边集市上的各种小吃。我要从鳗鱼鱼丸汤开始，下次我们见面的时候，我的旅行故事一定会让你着迷。你要和约克郡的祖母住在一起，而我要趁这个机会尽情享受条件好的医院、低廉的生活成本和工作机遇。冬天别忘了扣紧外套，要当心春天开在丘陵上的雪花莲。"

即便才五岁，我也比屏保上那些中国制造的星星年长。

你的父亲为什么要做对他自己不利的事情？

亚历山德拉还在等我回答。我的妹妹正在她胸前吮吸母乳，亚历山德拉皱着眉头，敲了敲她女儿的鼻子，把她的嘴巴从自己乳头上移开。她说这孩子吮吸的方式不对，她的乳头都裂开了。这短暂的分离令伊万杰琳哭了起来，亚历山德拉由着她哭，不紧不慢地把自己调整到更舒服的位置。她没有满是人类慈悲的母乳，不能做对她自己不利的事，我父亲也一样。他们简直是天生一对，他们信仰着同一个上帝，那个上帝将他们的世界造得比我的世界更加具有确定性。

要是我也有相信的神该多好。我记得曾读到过一位中世纪时期的基督教神秘主义者——诺维奇的朱利安——一个书写上帝所具有的母性的女作家，她相信上帝同为母亲和父亲。这种信仰挺有趣，但我连自己的父母都应付不了。

"我父亲为什么要做对他自己不利的事？"

我大声重复了她的问题。这是片灰色地带，而我迷失于此，我又点头又摇头。我的头一直这样动着：下巴放低又抬起以示赞成，脑袋左摇右摆以示反对。她笑了起来，这让我觉得缠绕在她牙齿上的钢丝很可能已延展至她全身。她简直就是个钢铁做的女人。但随后她放低声音，坐在柔软蓝色沙发上的身体往我这边挪了挪。

"和一个年长的人在一起并不容易，你也知道，我们之间有四十岁的年龄差。"

我确实知道。并且难以置信。她跟我说这话，难道是把我当成了她最好的朋友？

我又伸手拿了颗软糖，故意动作夸张地拆开包装，想要打击她的自信。

"六十九岁已经是老年了，真的。"她再次伸出舌头，调整牙套。"他频繁小便，耳朵也有点聋了，总是感到疲倦。记忆力也成了个大问题，我们去机场接你的那天，他忘记自己把车停在哪里了。如果你走的时候能自己坐 X95 路车去机场，我会很感激。我们一起走路的时候，他跟不上我的脚步。他得装个新臀部。不过现在他已经装了四颗新牙，睡觉的时候，他会把下牙套拿出来泡进一罐溶液里。"

就在这时，我父亲走了进来。

"你们好啊，我的女孩们，真高兴看到你们相处融洽。"

不止于此

到雅典的第二天，我主动向父亲提出和他一起去公园走走，因为那是他上班的必经之地。这是我和父亲第一次单独相处，他的妻子和女儿都不在场，他因此失去了阻挡阴沉又失眠的债主的盾牌。

我们都知道，他在我生命里的缺席是永远不可能还清的债务，但假装达成和解也令人兴奋。从这个意义上来说，我同意地铁站附近一面墙上的一句涂鸦：接下来怎么办？

我踩着黑色厚底小羊皮凉鞋在公园里踉跄而行，我父亲带着上帝还未完全赦免的微小罪过，也步履蹒跚。我们沉默地走在一起。

直到遇见父亲一位负责航运业务的同事，我才松了一口气。他也正准备去办公室。他们谈论着运输行业拟提高的征税，又说到他们私藏起来以应对突发情况的大笔欧元现金。

父亲不得不向同事介绍，我是他很早以前有的女儿，是他遗弃在英国的那段过往岁月里的产物。除了厚底拖鞋外，我还穿着短裤和带金色亮片的露脐上衣，腹部一览无余，头发全堆在头顶，用三个弗拉门戈花发卡夹着。克里斯托一定很震惊，他那来自伦敦、胸部丰满的成年女儿竟引起了他同事的兴趣。

"我叫索菲亚。"我和他握了握手。

"我叫乔治。"他抓住我的手。

"我只在这边逗留几天。"我允许他继续抓着我的手。

"我想你还得回伦敦工作吧？"他放开我的手。

"索菲亚目前是一名服务员。"我的父亲用希腊语说道。

我可不止于此。

我有一等学位和硕士文凭。

我的性向在不断流动。

我那穿着厚底小羊皮凉鞋的腿十分性感。

我住在都市，受过教育，目前是个无神论者。

在父亲眼里，我不具备令人满意的女性气质。虽然不确定，但我认为他心里一定不以我为荣。具体怎样我不清楚，因为他已经很久没和我联系，也没有费心教导过我应承担的职责和义务。

"索菲亚头上戴着西班牙的弗拉门戈花。"我父亲神情失落。"但她出生在英国，而且不会讲希腊语。"

"我上次和父亲见面，还是在十四岁的时候。"我跟乔治解释道。

"她母亲是个疑病症患者。"我父亲用兄弟般的口吻告诉乔治。

"我从五岁就开始照顾她。"我用姐妹般的口吻告诉乔治。

我父亲开始谈起我。虽然他说的话我大多没听懂，但很显然他并不认为我能给他增光。他告诉我不必进办公室了，并在旋转玻璃门外与我道别。

我一整天都待在人类学博物馆里，之后又去了雅典卫城，在庙宇的影子下睡着了。

我想我梦到了深埋在沥青街道和现代建筑物下的古河，艾瑞丹诺斯河流经古雅典，穿过雅典卫城向北流去。我能听见河水奔涌，流经市内的喷泉点，在那里，女奴们正忙着把头上顶着的水罐装满。

那天晚上，亚历山德拉又把孩子抱在了胸前。她坐在柔软的蓝色沙发上，向父亲大声朗读一部简·奥斯丁的小说。她正在练习英语，虽然她的英语已再完美不过。父亲则不时帮她纠正一下发音。亚历山德拉读的是《曼斯菲尔德庄园》："如果人的哪一种天生技能可以说是比别的技能更加巧妙的话，我看就是记忆力。[①]"

我父亲点了点头。

---

① 引文出自译林出版社 2009 年孙致礼译本。

"记——忆——力。"他用夸张的英式口音说道。

"记忆力。"亚历山德拉又重复了一次。

他往嘴里塞了个橙色的果冻，又吃了个黄色的果冻，然后瞥了我一眼。你听听看，她多聪明呢。她比我聪明，除了在选择嫁给我这件事上。但我没有怨言。

我忘了告诉他，记忆正是我那已经放弃攻读的博士学位的研究主题。

他们组建了一个稳定的家庭，创造着新的记忆。

或许这其实是一个依靠他们所信仰的上帝维持的不稳定家庭。他们每周日做礼拜。"神是耶和华，他向我显明自己。"我的父亲曾不止一次这样对我说。我能看出来上帝显现的经历对他来说是有巨大冲击力的。当我们一起走在马路上，许多他们的教友总是会来亲吻伊万杰琳。他们的牧师穿黑袍戴太阳镜，握住我的手时，透着无尽善意。这也许算是父亲为了新生活所作的最后一搏，尽管他的妻子背地里确实抱怨过他们之间的年龄差距。当他和自己的过去渐行渐远，他知道必须要忘记它们曾经真实发生过。而我，是他新的人生之路上唯一的障碍。

割伤

亚历山德拉每天早上都和我坐在她柔软的蓝色沙发上聊天。

我们一起吃着我用所剩不多的欧元为我的新家人买来的甜樱桃。樱桃的种植起源于古希腊，古罗马诗人奥维德曾提到在山顶采摘它们。汁水溅在我的丝质吊带背心上，这是英格丽德为了抚慰我被水母蜇伤送我的。

"那是什么意思，索菲亚？"

"什么什么意思？"

"你背心上的这个词。"

我开始思考该怎么形容"挚爱"这个词。"它的意思是被深深地爱着。一种真实、伟大的爱。"

她看起来很迷惑。"我觉得不对。"她说。

她觉得被爱这件事对我来说是不对的吗？

"这个词比你形容的还要强烈。"她继续说道。

"是的，那是一种强有力的感情，"我回答说，"当我们称呼某人是心爱之人时，那是一种强烈的感情。"

昨晚我又梦到了英格丽德。

我们躺在沙滩上，我把手放在她的胸脯上。我们一起睡着了。突然，英格丽德大喊一声："快看！"我被她惊醒。她指着我的手在她身上留下的痕迹，仿佛棕色皮肤上的白色文身。她对我说，她要带着我这兽爪般的印记去吓走她的敌人。

过了会儿，亚历山德拉问我是否可以去买一斤切碎的羊肉送到厨师那儿。她晚餐要做木莎卡[①]。

"那是一道传统的希腊美食，索菲亚。"

我不记得了，但是我想母亲过去经常做这个。

我去了卖肉的市场，站在摆着羊头的摊位前，摇摇晃晃的长电线上挂着灯泡，是摊位的光源。这些羊比亚历山德拉拖鞋上的小羊羔要老很多。它们被宰杀，被放血，肝脏被堆在银色盘子上放进冰箱。一圈圈的肠子挂在钩子上。这些羊被直接杀死，没有经过任何正式的宗教仪式来减轻食肉者已不复存在的罪恶感。然而对早期的人类来说，捕猎还是一种痛苦难忘又危险至极的活动。他们和动物比邻而居，对动物

[①] 主料为茄子或土豆，一般含碎肉。

的哀嚎、流血无法做到无动于衷，所以他们会举行仪式来让屠杀变得更加容易。妇女儿童们依赖无尽的杀戮存活。

我的手机在口袋里振动起来，是马修从西班牙发来的短信。

必须叫停戈麦斯。

昨天你母亲要在他诊所里补充水分。

但那个江湖骗子居然要了一面鼓。

为什么马修关注起我母亲的病情来了？

在我看来，马修的手机就是他的鼓，但我不确定他这条短信想要表达什么意思。在没有全球定位系统，没有手机，也没有直升机的时代，通过鼓声来传达的信息曾经救过人命。若没有一块绷着动物皮的圆形木头发出的嘭的一声，人们可能会饿死，被烧死，或被敌对的部落杀死。

我坐在摆着羊头的摊位旁边的一只小板凳上，给戈麦斯打电话。他向我保证露丝的身体状况很好，每天有不同的工作人员排班陪她。她已经摆脱了药物依赖，"她的精神状态很好"。但是她拒绝喝水，所以有点缺水。我也向他解释，给露丝找到合她心意的水是不可能的，考虑到西班牙南部夏天的天气，这肯定是个问题。

"无论如何，"我一边说一边凝视着苍蝇爬进羊头空空的眼眶，"一直找不到合适的水，对她来说其实是一种希望。要是有一天找到了合适的水，她将不得不开始寻找其他总是有问题的东西。"

"也许吧，"戈麦斯回答说，"但我必须告诉你，相比她临床上的行走问题，我对她喝水问题的兴趣更大。"

午夜已过，我却无法入睡，因为屋子里既没有窗户也没有空调。我想念黑麦面包、切达干酪，甚至期盼秋天的雾霭，它们曾笼罩在母亲花园里的梨树间。我走到阳台上，享受凉爽的微风。我现在要做些对自己有利的事情，我想我可以拿上枕头和被单睡在户外。但显然亚历山德拉和我父亲已经先到一步。他们并排坐在两张条纹折叠躺椅上，那画面就像一对老年夫妇在海岸边休憩。她穿着睡裙，他穿着睡衣。我在走廊上陷于两难境地，既不想去打扰他们，也不想回到炎热的房间里。

和平常一样，我无处可去，也没钱住宾馆。即便是最廉价的宾馆房间也应该有扇窗户或者最基本的空调设备吧。

我背靠着墙，偷偷地看着克里斯托和他的"童养媳"沐浴在月光里。

一种仪式在悄然进行。

亚历山德拉从放在膝盖上的盒子里掏出一根雪茄给他。他用手指夹着，她侧着身子给他打火。她按下打火机看他一吸一吐，当雪茄尾部在夜空下发出光亮时，她把打火机放回盒子里。这也许是一种供奉行为。远处，帕特农神庙在山顶隐隐发光。

这座神圣的庙宇蜿蜒向上，用以供奉至高无上的战神雅典娜。公元前五世纪的崇拜者们聚集在一起向女神进贡，这该是一种怎样的情景？会有一个老人和一个年轻女人——也许是一个女孩——肩并肩坐在午夜的星空下吗？他们会一起分享用于祭祀的肉品吗？女孩十四岁以后就可以结婚，而她们的丈夫通常已经三十来岁。女人是用来做爱，生育，织布纺纱，以及在葬礼上恸哭的。失去亲属时，女人和女孩们负责所有的哀悼之事。她们的声音更高，她们边哭边拉扯衣服制造的效果更好。当女人为男人表达哀痛时，男人却站得远远的。

我想抽雪茄，也想为其他人点燃雪茄。我想要吐出烟圈。像一座火山。像一个怪物。我想爆发。我不想成为那种女孩，她们的工作就是在葬礼上扯着嗓子哭号。

蛇。星星。雪茄。

这些就是英格丽德刺绣时脑子里浮现的画面和单词。我走回我的卧室，看到行军床上放着我的丝质背心。我几乎每天都穿着那件背心。它闻上去有椰子冰激凌的味道，还夹杂着汗水和地中海的味道。我决定把它洗了，然后去冲个冷水澡，伊万杰琳在隔壁房间喃喃低语，她的窗户敞开着，柔软

195

的黑发在微风中颤动。

我弯腰站在满是肥皂水的浴缸前，手上提着浸湿的丝质背心。我把它拎到眼前。贴得很近。

我读错了绣在黄色丝绸上的蓝色词语。

不是"挚爱"（Beloved）。

我发明了一个并不存在于那里的词。

"斩首"（Beheaded）。

这个词是"斩首"。

被爱是我的愿望，但那并不真实。

我平躺在浴室地板冰凉的瓷砖上。英格丽德是一个女裁缝。针就是她的思想。"斩首"则是她想起我时想到的词，她没有隐藏自己的想法。她把那个单词给了我，毫无保留，以针线铭刻。

"挚爱"只是一个幻觉。

我躺在冰凉的白色瓷砖上，回想起那条意外出现的蛇，以及莱昂纳多对我的轻视，这些想法和其他焦虑的念头在我脑子里激烈碰撞。我的眼睛睁得大大的，水龙头整晚都在滴水。

历史

我妹妹把脸转到我这边，睁开她明亮的棕色眼睛。父亲坐在柔软的蓝色沙发上，伊万杰琳斜躺在他的膝盖上。亚历山德拉头靠着他的肩膀。他用手托起她的下巴，把她的脸挪近自己的嘴唇。这一幕令我情不自禁想到他曾看过的一部克拉克·盖博①主演的老电影，里面就有这么个动作，他试图在沙发上复制这一个动作。伊万杰琳被屋子里的每一个人爱着，包括我。"挚爱"这个词像一个伤口，令我感到刺痛。从这个意义上说，"挚爱"和"斩首"没什么区别。

我头有点痛，这种痛曾被我母亲形容为脑袋里有一扇门被用力关上。我抬起手放到额头上，用小拇指按住眼睛，整个世界变成了黑色、红色和蓝色。

"你眼睛里进东西了吗，索菲亚？"

---

① 克拉克·盖博（Clark Gable, 1901—1960），美国知名电影演员，代表作有《一夜风流》《乱世佳人》等，其风度翩翩的荧幕形象深入人心。

"是的，有个小飞虫还是什么。我能单独和你聊聊吗，爸爸？"

亚历山德拉那双幼稚的鞋子半挂在脚上。她正冲我微笑，阳光大面积洒进他们的居所，她的牙套在闪闪发光。对，那是一个居所，而我在他们的居住空间里感到局促。这会儿亚历山德拉正用胳膊搂着我父亲的肩膀，手指插在他的头发里。他必须要同他亲爱的妻女分开才能和我单独谈话。

我们走进我的房间，他关上门。我不确定我想对他说什么，但肯定和需要帮助有关。我不知道从何开始。我们似乎在沉默中度过了很多年。我该从哪里说起？我们应该如何开启一场对话？我们应该在时间里四处移动，过去、现在、未来，但我们早已迷失其中。

我们一起站在储藏室里，同时也身处时间隧道之中。这个无窗的房间里空气不流通，然而起风了，我们身处狂风之中。风刮得很猛烈，那是历史的大风。我被吹到空中，头发飘了起来，我朝他伸出胳膊。这股力量把我父亲也吹了起来，他的后背撞到墙上，胳膊胡乱挥动着。

他想要欺骗历史，欺骗这场风暴。

我们静静地站在那儿，彼此相距一英尺。

我想告诉他我很担心母亲，我不确定我还能支撑多久。

我在想他愿不愿意介入。

我也不确定"介入"是什么意思。我可以要求经济支援。我可以要求他听我诉说我们的近况。那会花费不少时间，我想我应该向他提出这个要求。倾听我说话对他自己有利吗？

"怎么了索菲亚？你想谈什么？"

"我在考虑去美国念博士。"

他已经离我很遥远。他闭上眼睛，绷着脸。

"我得供自己读书，还必须离开露丝，把她一个人留在英国。我不知道该怎么办。"

他把手塞进灰色长裤口袋里。"做你想做的事，"他说，"海外留学可以申请补助。至于你母亲，她已经选择了她想要的生活。那与我无关。"

"我在征求你的意见。"

他退到门边。

"我该怎么办，爸爸？"

"拜托了，索菲亚。亚历山德拉需要睡觉了，因为你妹妹让她感到精疲力竭，我也需要休息了。"

克里斯托，亚历山德拉，伊万杰琳。

他们都需要休息。

所有的希腊神话都与不幸福的家庭有关。我是这个家庭睡在客房行军床上的一部分。伊万杰琳这个名字意为"好消息的使者"。我带来的消息是什么呢？我在照顾我父亲的第一任妻子。

我和他一起走回客厅，他回到蓝色沙发那里，和他的亲人待在一起。我很恼火。我使劲盯着墙壁，极力让自己平静下来。墙面并不清爽干净，上面画满了咧嘴笑的唐老鸭。父亲偷瞄了我几眼，然后缩进沙发，和他的老婆孩子待在一起。他希望我从他的角度看待他的新家庭。

　　看我们安宁的休息！

　　听我们之间的轻声细语！

　　好好观察我们对分寸的把握！

　　看我的妻子如何满足我们的需求！

　　他要求我从他的角度看待他的家庭。他巴不得我从任何角度都看不到她们。

　　从父亲的角度我看不到任何东西。

　　角度成为我的思考对象。

　　我所有的潜能都在头脑里，但头脑不应该是我最吸引人的地方。我新出生的妹妹会比我更让父亲满意吗？她和我之间有一个秘密的游戏。每次我轻抚她的耳垂，她就会闭上眼睛。当我挠她小脚板时，她会睁开眼睛，然后从她的角度盯着我看。我父亲很在乎她们闭上眼睛睡觉这件事。

　　"该闭上眼睛睡觉了"是他最喜欢说的话。

　　我离开客厅，留他们在柔软的蓝色沙发上小憩。我朝着卫城的方向走去。天气炎热，过了一会儿我就走不下去了。

于是我买了一个桃子，独自坐在阴凉处的长椅上。一个骑摩托的警察在追赶一个肤色很深的中年男人，他推着一辆装满了废金属的超市推车，打算在傍晚的时候卖掉。这完全不像电影里急速追赶的戏码，因为那个男人走得很慢，有时还会停下来站会儿，完全不理会骑摩托在他身边绕圈的警察，但那依然是一场追逐。最后，他倒空了推车里的东西，扬长而去。他长得很像我的初中老师，唯一的差别是他口袋里没有插着两支钢笔。

等我返回柯洛纳基的寓所时，亚历山德拉和克里斯托正坐在餐桌旁吃着番茄酱汁拌的白豆。亚历山德拉说这本来只是白豆罐头，但是我爸爸在里面加了些小茴香。他特别喜欢小茴香。我对我爸爸一无所知，能知道他喜欢小茴香，我很高兴。那会成为一个回忆，将来我会说，是的，我父亲也喜欢小茴香，尤其爱和白豆一起吃。

亚历山德拉指着桌上的一个包裹说："是你母亲寄来的。"收件人是克里斯托·帕帕斯特吉亚迪斯。

克里斯托显然很紧张，因为他正一勺一勺地把豆子送进嘴里，假装包裹不在那儿。

"爸爸，你把包裹打开。里面又不是切下的头颅之类的东西。"话音刚落，我自己也有点难以置信。也许潜水学校的狗根本没有溺死，而是被露丝割掉了脑袋，挂号邮寄到雅典。

我父亲拿起一把刀，任它滑进满是邮戳和胶带的棕色纸袋里。

"是个方形的东西，"他说，"是个盒子。"

盒子上面是一幅约克郡山谷的图画。连绵的翠绿山脉，低矮的石墙，一座石头村舍，它的前门是红色的。他把盒子翻过来，看了看背面的插图，上面画着一辆停在田间的拖拉机，附近还有三只吃草的绵羊。

"茶包。一盒约克郡茶包。"还有一张便条，他大声读了出来。"在此艰苦时期，我们从阿尔梅里亚临时住处呼吁伦敦东部和柯洛纳基两地的家人团结一致。"

克里斯托瞟了一眼亚历山德拉。

"他不喜欢喝茶。"她说。

爸爸的嘴唇上沾满了番茄酱汁和小茴香。

亚历山德拉递给他一张纸巾。桌子上的玻璃容器里堆放着一沓纸巾，整齐地叠成了三角形。"我会确保桌上不缺纸巾，因为你父亲喜欢折纸巾花，这能帮助他思考。"

我之前从来不知道这一点。

"那么，"他说，用纸巾擦了擦嘴，"这是你在这儿的最后一晚了，我带你出去喝希腊咖啡。"

亚历山德拉读着约克郡茶包盒上的字，她的眼镜架在头顶黑色的短发上。"索菲亚，约克郡在哪儿？"

"约克郡在英格兰的北边。那里是我母亲的出生地。她娘家姓布斯。露丝·凯思琳·布斯。"这让我觉得自己和亚历山德拉不属于同一个地方。我属于我的母亲和她的约克郡家族。

"约克郡有一种苦啤酒很出名，叫比特①。"父亲把纸巾扔在桌上。

最后一天，他如约带我去了一家叫作玫瑰花苞的咖啡店。我在想这和他的第一任妻子之间是否存在无意识的关联。毕竟他在她含苞待放的年纪娶了她，但我不想问，以防他开始谈论她的花刺。像露丝这样的名字会激发这样的联想。基于同样的原因，说他就是那只破坏了她生活的隐形害虫也不正确。这连我都知道。我们相邻而坐，小口啜着迷你咖啡杯里香甜醇厚的咖啡。

"我很高兴你和你妹妹见面了。"他说。

我们一齐盯着一个乞讨的年迈女人。她手里握着一只白色的塑料杯，朝一张张桌子挨个伸手乞讨。她看上去衣着体面，穿着衬衫和裙子，衣服上虽有补丁，但熨烫平整，肩上还披着一件羊毛衫，就和我母亲一样。大多数客人会往杯子里投几个硬币。

"我也很高兴见到伊万杰琳。"

我注意到他根本没笑。"要感受到喜悦，她就必须向上帝敞开心扉。"

---

① Bitter，在英语中意为"有苦味的、苦涩的"。

"她会有她自己的主意，爸爸。"

他朝附近某个玩牌的人挥了挥手。过了会儿，他对我说，我自己花钱买机票到雅典，还开着租来的车从阿尔梅里亚到格拉纳达机场，这一切对于他意义重大。

"在你明天离开前，我想给你一些零花钱。"

我不知道他为什么想在我离开的前一天晚上给我零花钱，但我还是颇为感动。我十四岁以后，他就没给过我他所谓的零花钱，也许正因为如此，这句话听上去很幼稚。他拿出钱包放在桌上，用拇指按了按旧了的棕色皮面，似乎很惊讶它没有弹性。

他伸进两根手指去找钱。"哎呀，"他说，"我忘记去银行了。"他又把手指伸进钱包，翻了好长时间，最后找出来一张十欧元的纸钞。他把钱举到眼前，然后搁在桌上，用手掌按压平整，动作夸张地递给我。

我喝完了咖啡，正好那个女人来到我们这桌乞讨，我把这张十欧元放进了她的塑料杯里。她用希腊语说了些什么，然后她蹒跚着上前，亲吻了我的手。这是头一次在雅典有人向我展露好意。我生命里的第一个男人会做对我不利的事，只要这件事对他自己有利，这一事实很难令人接受。但认识到这一点倒让我轻松了许多。

克里斯托·帕帕斯特吉亚迪斯似乎在祷告，他半闭双眼，嘴唇翕动着。同时，他的手指在纸巾上来来回回。他从不锈钢盒子里抽出一张薄薄的纸巾叠了起来。首先对折，然后折成一个正方形，接着变成了圆形，接着又奇迹般地变成了一朵有着三层厚花瓣的纸花。他把花当成献礼般捧在手里，好像它就是一个为了讨人欢心的礼物，或是要投入喷泉用来许愿的信物。

我指着他手里的花，而他看上去迷迷糊糊的，似乎也惊讶于花的存在。

我胆子更大了。"我想你是为我做的这朵花吧。"

他终于看向我。"是的，是为你做的，索菲亚。你喜欢在头发里插一朵花。"他把花递给我，我感谢了他的好意，而这好意他本无意给予。他很高兴最终还是送了我点东西，更高兴我没有把它给出去。

我没有找个人取代父亲的备选计划，我不确定我是否想要找一个父亲般的丈夫，尽管我知道亲属结构中的这种融合很常见。一个妻子可以成为她丈夫的母亲，一个儿子可以成为母亲的丈夫或父亲，一个女儿可以成为母亲的姐妹或母亲，而一个母亲既可以是女儿的母亲也可以是父亲，这就是为什么我们都潜伏在彼此的身份符号里。我很不幸，我的父亲从未出现，但我没有把我的姓氏改成布斯，即便换一个人们更容易拼写的姓氏很有诱惑力。他赋予我他的名字，我没有抛弃它。我也找到了它的价值。我父亲的姓氏将我置于一个更广阔的世界之中，在这个世界中我的姓氏不能被轻易地拼出来。

回柯洛纳基的路上，我一直回想他在玫瑰花苞咖啡屋祈祷的画面。我突然担心起亚历山德拉。他的抽离令我吃惊，当我们之间出现问题时，他就会立刻顾左右而言他。还有他时常大声和上帝说话的样子，就好像上帝是一台植入他脑袋里的电话。

我们到家时，亚历山德拉假装在柔软的蓝色沙发上睡着了。克里斯托踮着脚走过去，轻轻地脱掉她脚趾处有小羊图案的拖鞋，然后把拖鞋整齐地放在地板上。他关掉主灯，打开一盏台灯，手指竖在嘴唇上，嘘——

"别吵醒她。"

亚历山德拉彻底醒了。

他似乎随时准备好了毯子、床单和靠垫候在她身边。他似乎热衷于抓住每个机会让她入睡，她也习惯于配合丈夫作为家庭麻醉师的角色。

亚历山德拉显然已经醒了。我们心照不宣地看着彼此。

第二天一早我开始收拾行李箱，折叠起他们供我使用的行军床。父亲已经离开家去上班，都没有来叫醒我和我道别。亚历山德拉穿着睡衣站在阳台上。她似乎正在专注地看着一只温顺的小松鼠在附近一棵树的枝条间跳来跳去。她把伊万杰琳从胸口挪开，让她也能看到松鼠。

我对她说再见时她跳了起来，我一定是把她吓着了。

"哦，是你啊，索菲亚。"

那还能是谁？假如是我父亲，她是不是会打着哈欠，说她准备在蓝色沙发上小憩一会儿？

我向她为我提供住处表示了感谢，她说她很伤心我就要离开了，我走之后没人和她在清晨聊天了。

她那身长款棉质睡裙洁白无瑕，袖口和领口都缝着蕾丝花边，扣子没有系上，以便她给伊万杰琳喂奶。今天她的短发油腻腻的，也没梳过。

我意识到我从来没看到过她和朋友在一起。

"你有兄弟姐妹吗，亚历山德拉？"

她又盯着小松鼠看。"据我所知并没有。"她告诉我她是被人收养的。她在意大利长大，她的父母——不是亲生父母——现在都上了年纪，所以不方便大老远从罗马来到雅典看望外孙女。眼下意大利经济困难，她很担心他们的养老金，所以她还在工作的时候会定期汇钱给他们。但是现在要那么做不太容易了，因为我父亲有其他的计划，不过她相信事情最后都会得到解决。

她又把伊万杰琳转过来，亲了亲她胖嘟嘟的脸颊。

一个曾是孤儿的年轻母亲将她深爱的孩子搂在胸前，这画面几乎是神圣的。

或许对克里斯托来说，她是更容易俘获的猎物，因为她正好渴求一个慈父般的丈夫。墙上的唐老鸭海报，绵羊图案的拖鞋，软糖，以及假装靠在爸爸的肩膀上睡觉，这些都是她对回到童年所进行的尝试，回到一个没有被抛弃的童年。

我的妹妹紧紧吸住她母亲的乳头，小脚趾在空中挥动，眼睛睁得大大的，似乎对一切周边的事物都无所察觉，除了她母亲那甘甜的乳汁。

亚历山德拉眨眨眼。"你能帮我倒杯水吗？我腾不出手来。"

我从冰箱盛水的瓶子里倒出一满杯水，往里加了冰块和一片柠檬，最后还放了一颗草莓，那是亚历山德拉的特别爱好。

她看上去有些疲累。

我亲了亲她苍白的脸颊。"我妹妹能有一个这么温柔耐心的母亲真幸运。"

她想要对我说什么，却欲言又止。

"你想说什么吗，亚历山德拉？"

我越来越大胆。

"要是你想让我教你希腊语，我倒是很乐意在宝宝睡着后能有点事做。"

"你打算怎么教我？"

她又看向松鼠，指出它是出于对人类的高度信任才会离我们这么近。"这样，你待在西班牙的时候可以自学希腊字母表，尽量熟悉它，这样我就能用希腊语发邮件给你，你也可以用希腊语回复我，我们通过这种方式来对话。"

"好的，我们可以试试。"

我再次向她道谢，然后用希腊语对她说，在资助住在罗马的父母的问题上，她应该放轻松。

用我没有掌握的语言构想这个句子是十分有难度的，尤其她还是个经济学家，这就更加复杂了。

她笑了笑，用希腊语答道："你是说我应该'更加轻松'？"

"是的。"

"我从未感到如此轻松过。"

我还想问点什么，但是我说不出更复杂的希腊语了。不管怎样，我父亲已经走了，我可以有段时间不用惦记着希腊语了。我亲了亲妹妹两只棕色的小脚丫，接着又亲了亲她的手。

当我推着行李箱走向公交车站去乘坐 X95 路机场大巴时，我突然感觉做回了自己。

形单影只。

行李的最上层放着那朵我父亲进行激烈思想斗争时折的花。一朵用纸做的花，就像我那当图书管理员的母亲穷尽一生为其做索引的书纸一样。她编制索引的书的总字数已经超过了十亿字，但她却找不到词语来形容她自己的那些愿望，以及它们如何在这个注定对她不利的世界中飘散，被风暴摧毁。

希腊女孩踏上返回西班牙的旅程。回到水母之地。回到汗涔涔的夜晚，尘土飞扬的小巷，以及阿尔梅里亚的炎炎夏日中。回到我这里。我会邀请她一起种下橄榄树苗。她的任务就是挖一个土坑。之后，我会把树苗和竹竿系在一起，这样风就不能改变它们的形状。一棵树的形状不能由任性的风所决定。

药物治疗

我母亲开始用西班牙语吵着要水喝。"水水水水水。"

听上去就像在大喊"痛痛痛痛痛"。

这就像和詹尼斯·乔普林[①]共处一室，但母亲可没有她的才华。我拿来一杯水，用手指蘸了蘸，抹在她嘴上。

"你父亲过得怎么样？"

"他过得很幸福。"

"他见到你高兴吗？"

"我不知道。"

"很抱歉他不是很欢迎你。"

"你不用替他抱歉。"

"你这么说可真有意思。"

"要抱歉也是他自己抱歉。"

---

① 詹尼斯·乔普林（Janis Joplin，1943—1970），美国著名女歌手，有"摇滚天后""蓝调天后"的美称。

"我是替你感到难过。"

"你不用那样。你不用替我感到难过。"

"索菲亚，你很奇怪。"

她告诉我，我不在的这段时间里，她饱受膝盖积水的痛苦。马修好心地主动开车送她去阿尔梅里亚的综合医院。检查结果是韧带拉伤，不过不算严重。医生给她开了全新的药物清单。抗抑郁药令她恶心作呕，尽管她说这也许是治疗高胆固醇、高血压、头晕以及胃酸倒流的新药方导致的。为避免出现副作用，他还帮她开了治疗糖尿病、抗痛风、消炎、帮助睡眠、放松肌肉以及治拉肚子的药物。

我问她戈麦斯怎么看待医院给她的新疗法。

"他禁止我开车。"

"但你很喜欢开车。"

"我更喜欢按摩。你的手法很好。要是你去海滩上逗留一整天的时候能把双手砍下来留给我就好啦。"

我在等着巴勃罗的狗吼叫，然后想起来我已经把它放走了。

大型海洋动物

"你是我的缪斯和噩梦！"

英格丽德和我躺在阴凉处的岩石上，头顶上方就是悬崖上的洞穴，我们用毛巾裹住一大把水草当枕头。我的眼皮上粘着蓝色亮片。我穿着一件白色的绸缎挂脖上衣，这件衣服是英格丽德从古着店的特价箱里挑出来的。它的褶边上有污渍，要想卖出去估计得花大力气修补。英格丽德在领口绣了一圈蓝色的几何圆形和绿色线条。她说这不是抽象图案，因为这就是她想抓但因为我的阻碍而没能抓到的那条蜥蜴身上的纹路。

我喜欢绸缎贴在臀部的感觉，喜欢它在我大腿间如波浪般滑动。我的发尾颜色越来越浅，我快一个星期没梳头了。早上，英格丽德在我的卷发、小腿、双脚以及我开裂的嘴唇上都抹了椰子油。

"靠近点，佐菲。"

我靠得更近了些。她的嘴唇压在我耳朵上，我们枕着水草枕头。

"你就像一个蓝色的星球，长着令人害怕的小动物般的黑眼睛。"

我决定接受我对"挚爱"这个词的误读。我不该揣度她拿着缝纫针时的想法，即使她的想法伤害了我。

"佐菲，为什么你夜里要点那些香茅油蚊香？"

"你怎么知道我点了？"

"因为我闻到了你身上的味道。"

"蚊子不喜欢这个味道，"我说，"但这个味道让我感到安定。"

"你是不是有些焦虑，佐菲？"

"是的，我认为是。"

"那正是我喜欢你的地方。"

英格丽德一直在拍打胳膊，因为这片沙滩上有马蝇。她一般不来这里，但是为我破了例。她告诉我，自从巴勃罗的疯狗溺水后，英格玛的生意便一直很好。

"别担心，佐菲，你给了它死的自由。"

"不不不。"（我在对她耳语。）

"你帮了它的忙。它被拴在那里的时候就已经死了。那根本不算活着。"

"它没有死，它想改变它的生活。"

"动物是没有想象力的，佐菲。"（她把手放在我的肚子上。）

"也许它并没有溺死。"

"你在其他地方见到过它吗？"

"没有。"

"你最近有听到它嚎叫吗？"

"没有。"

"我要不要换个话题，和你聊聊英格玛呢？"

"好的。"

她换了换姿势，躺下来侧对我。她穿着带流苏的淡蓝色比基尼，不时用手拨弄着肚脐上点缀的珠宝。"准备好了吗，佐菲？"

"好了。"

"你在雅典的那段时间，海警骑摩托艇来过我们当地的海滩。他们检测了水质，最后得出结论，有汽油泄漏。所以他们命令所有人离开水域。英格玛很恼火，他们发出的噪音打扰到了他的顾客。他穿着短裤冲出帐篷，对海警说他们错了，他们的机器不准确，海水没有问题，很干净。海警也被激怒了，命令英格玛尝一下海水。他拿了一个空水瓶舀了海水，喝了一大口，然后他承认是的，的确是有汽油泄漏。现在他感到恶心，无法工作，所以要起诉海警逼迫他喝海水。"

"也许是因为巴勃罗的狗的尸体。"

"没错，佐菲！就是这么回事！那条溺死的狗污染了海水。"

太阳直射在她颀长的金色身体上。

"所以你从我身边逃走，跑去见你父亲？"

"我没有从你身边逃走。"

"和我说说你的小妹妹吧。"

我向她描述伊万杰琳柔软的深色头发，橄榄色的皮肤和打了耳洞的耳朵。

"她长得像你吗？"

"像，我们的眼睛一模一样。但她以后会说三种语言，希腊语、意大利语和英语。"英格丽德又躺了下来，凝望天空。

"要不要告诉你我为什么是一个坏姐姐呢？"

"告诉我吧。"

她把草帽盖在脸上，在帽子底下说起话来，我只好侧身撑着手肘听。她的语调低沉，毫无起伏，我得费力地去听她在说什么。

发生了一次事故。那时她妹妹三岁，她五岁，她在花园里推妹妹荡秋千。她推得太猛，不知轻重，结果妹妹从秋千上摔了下来。那次事故很严重，她妹妹胳膊骨折，还断了三根肋骨。英格丽德停止了诉说。

"你那时才五岁，也只是个孩子。"我说。

"但我推得太高了，她一直在尖叫，想要下来，我却一直推。”

我捡起岩石上的一根白色羽毛，手指在羽毛边缘摩挲。

“还不止这些。”英格丽德说。

我又感到一阵恐惧，和英格丽德在一起时，这种恐惧感常常从心口涌起。

“我妹妹头朝地摔了下来。他们给她照了 X 光，发现头盖骨碎裂，大脑受到了损伤。”

她说话的时候，我意识到我一直在屏住呼吸，手指不断撕扯着羽毛。

英格丽德站起来，帽子掉到地上。她抓起她带到海滩上的渔网，穿过岩石，走到隐藏在主沙滩角落里一个更小的海湾处。我看出来她想一个人待着。我捡起她的帽子，放在水草枕头上。

有人在叫我的名字。

朱莉塔·戈麦斯在一个岩洞的阴影里朝我挥手。她头发湿漉漉的，显然刚刚游过泳。她正拿着一瓶水在喝，小口小口抿着。她朝我挥动瓶子，似乎是想叫我过去。

我翻过岩石，把白色绸缎上衣掖进比基尼里，在她身边坐下来。

“今天我休息。”她说。

我看了眼英格丽德，她正痛苦地靠在浅滩的一块岩石上，时不时地用渔网捞起一些水母。

朱莉塔的牙齿在阳光下显得更白了，她的睫毛长长的，像丝绸一般。

她把水瓶递给我，我摇了摇头。但我马上就改变了主意。水凉凉的，有镇静作用。英格丽德讲她妹妹的事时带来的恐惧仍旧在我身体里作祟，就像夜里看不见的虫子在树间振翅。

"你看上去像一个流行歌手，索菲亚。你只需要一把吉他和一个乐队。我父亲会打鼓。"

朱莉塔笑得很大声，我努力挤出一点微笑，但关注点还在浅滩的英格丽德身上。她背对着我，看起来形单影只，孤苦伶仃。

朱莉塔告诉我，诊所的一个护理人员骑摩托车把她送到这里，天黑的时候会来接她。他父亲对她过分保护，要求员工确保她坐摩托时戴上了头盔。他要把她逼疯了。

她指着那瓶水。

"我更想喝伏特加，那样会气死我父亲。他痛恨所有的药物。他一直在哀悼我的母亲，所以一说起用药物治疗来消除回忆带给他的痛苦，他便气急败坏。"

英格丽德还在用那张黄色渔网捞起水母，再倒在沙滩上。

"水母。"我说，好像很重要一样。

"是的，"朱莉塔回答，"有个秘方，用尿液擦拭蜇伤能缓解疼痛。"

我从朱莉塔所在的洞穴跳了下来，回到我们的水草枕头那儿。那天一大早，我就开车出城来到一家超市，买了英格丽德喜欢的德国香肠、莴苣、橙子和葡萄。她又爬回岩石这边，对我说这片太阳暴晒的丑陋沙滩太热了。她瞥了一眼正在晒日光浴的朱莉塔所在的洞穴，说她想回家。

"别走，英格丽德。"我苦苦哀求。

我仍对她说的妹妹大脑受损的事情感到震惊不已，我想再次告诉她，那不是她的错。出事时她还是个孩子，只是犯了一个错，但是"斩首"这个词却时不时在我脑中闪现。

英格丽德推开我，开始收拾她的东西。"我要去工作，佐菲。我需要缝纫。我现在只想找到合适的线，然后开始工作。"

我们旁边站着一个六岁大的男孩，他正咬着一个巨大的红番茄，就像在咬一只桃子。番茄汁溅到了他胸口上。他又咬了一口，看着我帮英格丽德把银色罗马鞋鞋带系在小腿上。

"你好美，英格丽德。"

她大笑起来，其实她是在嘲笑我。

"我不能像你一样整天无所事事，我有工作要做。"

她手机响了起来，我知道是马修，他在监控她，密切关注她身处何地。他知道她和我在一起。

"我在沙滩上，马蒂。你能听到海的声音吗？"

我走到她面前，从她手里抢走了手机。

英格丽德大喊着让我还给她，但我拿着手机一直朝大海跑去，她在后面追着我，银色凉鞋的鞋带绊倒了她，于是她把鞋子脱掉扔到沙滩上。她追上了我，用力拽我绸缎上衣的褶边，我听到衣服撕裂的声音，与此同时我把手机扔到了海里。

我们一起盯着手机三秒钟，它和水母一起漂浮着，振动停止了。手机沉了下去。

海水拍打着我撕裂的裙边。

英格丽德把眼睛上的沙子擦掉。"你迷上我了。"她说。

我的确痴迷于她能动摇我的这股力量。她的力量使我从过去确信的事情中抽离，尽管我知道她并不尊重我。我和男人一样折服于她的美丽，对他们追求她的方法满怀好奇，也着迷于她对缝纫和修补的喜爱，就好像那是她在自己身上实施某种外科手术。

英格丽德走入海里，用尽全力抓住我的头发。"去拿我的手机，你这个野蛮的动物。"

她把我的头按进黑暗温热的海水里，我一挣扎她就又把我往下按，还用膝盖顶住我的肩膀。她一直按着不松手，就像她推着秋千上的妹妹那样。她好像在重复那件事情，重复童年的事故，只不过这次是对我。水里出现了其他人，英格丽德把我向下按时，我能感觉到先是有一只胳膊，然后两只胳膊一齐围住了我的腰，力图把我托上去。一个浪头在我头上拍过，把我击倒。当我终于恢复平衡，我看见朱莉塔·戈麦斯在我身边一边踏水，一边拧着她湿漉漉的长发。我们听到了一个女人的尖叫。她高亢的尖叫声就从岩石另一边的小浅湾那里传来。英格丽德用手抓着右脚，另一只脚不住地跳着。她踩在了那一堆被她网住后又倒在沙滩上的水母上。

这稍稍平息了我的愤怒，仿佛我那愤怒的毒气被转移到了她的脚上一样。

朱莉塔看着我，然后大笑。"你的边界是沙子做的，索菲亚。"

"是的，"我说，"我知道。"

一只海鸥在海里与我们一起随波浪起伏。

我返回岩石处，开始收拾我的毛巾，我不想让英格丽德独自离开。于我而言，她变得愈发迷人而不可抗拒。回忆是我的主题。英格丽德重复了过去造成她精神创伤的回忆，使它在我身上重现，因为她知道我的边界是沙子做的。

"佐菲，你任意妄为，不守规矩，还负债累累，海边的住处也凌乱不堪。现在你还把我的手机扔到海里。我不知道该怎么办了，这样下去我要失业了。"

"你的客户只能和鱼说话了。"

我脱掉湿透的缎裙，擦干大腿上的水。小男孩还在啃他那颗巨大的番茄。他盯着我看了几秒钟，然后跑掉了。

"佐菲，你把他吓着了，你的脸是蓝色的。你的蓝色眼影和水一起顺着脸颊往下淌，看上去就像一个海洋怪物。"她找到根香肠，剥开肠衣。

"我不想和马蝇还有水母一起待在这儿。"她把肉塞进嘴里，抬头看了看岩洞。"还有，我不喜欢你的朋友。"

朱莉塔朝我挥手，我也朝她挥了挥。

她盯着被蜇伤的脚上肿起的伤口，那双银色凉鞋在海湾的浅水处漂着。不过她一心想着蜇伤，并没有注意到鞋子正在漂走。"要是你来我家，我工作的时候你可以种橄榄树，等天气凉快点我们就可以一起出去散步。"

这是一个邀请，听起来像是那种情侣才会制订的计划。

英格丽德在岩石上蹲下来小便，尿液流到她被蜇伤的脚上。

"这是一个秘方。"我说。

"什么是一个秘方？"

那是一个大问题。准确来说，或许我对此十分着迷。

我们到达英格丽德的避暑别墅时，她做的第一件事情就是寻找她的线卷，她把装有古着店衣服的篮子放在地板上。缝衣针就像武器一样在她的手指间穿梭，她缝纫的样子就像是在攻击手中的布料。

"你太懒了，佐菲！你是来种橄榄树的。你得先去挖土坑。"

我不会种树。我有很多不会做的事，但是我知道该如何保守秘密。我盯着这座马修和英格丽德一起在西班牙搭建的房子，脑子里想的是马修和朱莉塔。他们一起做的其中一件事情，是展示他们的亲密关系。他们把照片钉在软木板上，照片墙展示的是他们各自的家庭，有马修的父母，英格丽德的父亲，还有几个人，看上去像是马修的两个兄弟和英格丽德的兄弟或者表亲。上面没有她妹妹的照片。她在衣服上穿针引线，同时注意到我搜寻的目光。

　　"她没有思想，会幸福吗，佐菲？"

　　"谁？"

　　"你知道是谁。"

　　"你是指汉娜？"

　　英格丽德似乎吓了一跳，似乎忘记了那晚她把用蓝线绣着"斩首"的衣服给我的时候，提过她妹妹的名字。她想要忘记，但她的线替她记住了一切。我并非无所事事。但我也不是一个公正的研究者，因为我和我的线人搅和在了一起。

　　"你说她的大脑是不是就像一片树叶一样静止了，佐菲？"

　　"树叶从来不会静止不动。"

　　"她还会记事吗？"

　　"思维也不会静止不动。"

　　"有时候我想炸掉自己。"英格丽德自言自语。

　　我跪在她脚下，伸出双臂抱住她的腰。

她摸到我的头发，用双唇衔住一缕。"你还喜欢我吗，佐菲？"

有人在敲窗户。

"在你给出肯定答复之前，一切都是黑暗的。"

我一言不发。

"佐菲，现在仍是一片漆黑。整个世界暗无天日。"

她的目光越过我的头顶，朝着窗户的方向看过去。"是莱昂纳多。"她说，似乎光线骤然照了进来。

我从没料到再次看到莱昂纳多会令我高兴，但是他的到来使我不必回答那个棘手的问题。英格丽德抛下我，有点瘸拐地走到前门。她右脚的伤还很疼，但她没在意。如果蜇伤在我身上，那她只会觉得有趣。他的到来令她容光焕发，看到他抱着一双棕色皮革马靴，她大叫一声："太好了！"他朝我微微点了点头，似乎在说，是啊，我知道你在这里。真不走运，我来这里的时候你也总是在这里。

风把玻璃窗吹得嘎吱作响，英格丽德把脚伸进靴子里。我和莱昂纳多一起看着她，她扭动着脚，然后用手将靴筒拉起来。靴筒高度正好到她膝盖下面。她直起后背，昂首挺胸，莱昂纳多在皮包里翻了翻，又拿出来一顶头盔。她看上去吝啬而残忍，一副胜利的姿态，俨然一个和男人作战的女战士。谁是她的对手和敌人，我也名列其中吗？她为何而战？

莱昂纳多走上前来，宛如一个好色的奴隶。"你骑我那匹马的时候会需要这顶头盔。"

他把头盔轻轻地放在她脑袋上，把她两条长辫子也塞进去，手指摸索着扣起她下巴下面的扣环，她安静地站在那里一动不动。接着，她礼貌性地亲了亲他的脸颊。

"作为回报，我要送您一棵橄榄树。"

她穿着新靴子，戴着头盔大步流星地走到花园里，拿了一棵幼苗回来。

"我已经种了四棵，佐菲还要种两棵，第七棵就给你。"

莱昂纳多显然感到他需要赞美一下这棵树苗。

"它看起来很健康。"他闷闷不乐地说道。

英格丽德打开冰箱，拿出两瓶啤酒。她递给我一瓶，然后把手伸到屁股口袋里摸出一个开瓶器，把另一瓶的瓶盖打开，递给了莱昂纳多。他把冰凉的瓶子凑到嘴边，喝了一大口，而我站在一边，手里拿着未开的啤酒，像树一样被忽略了。英格丽德显然打破了无形的障碍，赢得了莱昂纳多的赞许。我问她要开瓶器，她从我手里拿走啤酒瓶，干脆利落地打开了瓶盖。我开始理解英格丽德·鲍尔。她总是用这样或者那样的方法把我推到边缘。我的边界由沙子堆砌而成，所以她认为她能将其推翻，并且我会允许她这么做。我对此表示默许，因为我总想知道接下来会发生什么，即使那对我不利。这是自我毁灭吗？是我悲观消极吗？是我太过轻率鲁莽？还是我只是实验对象？或者我就是一个严格的文化人类学家？还是我已陷入爱河？

英格丽德·鲍尔有一点深深打动了我，这跟靴子与头盔有关。它们让她从她自己说的那个坏姐姐的故事里解脱，但我怀疑她已深陷其中，这个折磨远未结束。我把我的那瓶啤酒递给她。她接过去，因为靴子和头盔而满心欢喜。莱昂纳多痴痴地看着她将啤酒一饮而尽。他大声惊叹："哇！"拿出驯服一匹野马的架势，他也举起酒瓶一饮而尽。然后英格丽德转向我，她的绿色双眸闪着光，她曾对我说过这双眼睛在夜里比在白天看得更清楚。"莱昂纳多要教我如何骑他的安达卢西亚马。"

有件事情我知道，那就是现在我是屋子里最重要的人。英格丽德与莱昂纳多之间虚伪的调情来自她的精心设计，她以此隐藏自己对我的欲望。

她是一个偷窥狂。

她窥探的是她自己的欲望。

我现在明白了，英格丽德·鲍尔不是真的想要将我斩首，她想要斩掉的是她对我的欲望。她自己的欲望对她而言是丑陋可怖的。

她把我变成了她认为自己已经成为的那种怪物。

她在我身边潜伏了很久，暗中观察，像幽灵一样安静地伺机而动，等我自投罗网。整个夏天我的脑海里都是她的声音，我看见她躲在暗处，听到她的呼吸。她正呼吸着欲望的火焰。

"佐菲，莱昂纳多要为我安排我们的骑马课程。"

我捡起我的包，搭在肩膀上。海草的银色叶子飘浮在空中。

分离

"请脱下帕帕斯特吉亚迪斯女士的鞋子。"

戈麦斯正坐在他的诊疗室里,眼睛盯着手表。时间是早上七点。他看上去好像因为一大清早就要接待我母亲而有些不快。朱莉塔脱下露丝的鞋子然后递给我。

母亲露出一副痛苦的表情,她的嘴角下垂,引人注目的下巴在说话时会向上提起。"我早就告诉过你,戈麦斯先生,根本没有必要做进一步检查。"

戈麦斯跪在她脚边,开始转动她的脚趾。他的手腕上覆盖着一层柔软的黑色汗毛。"你能感觉到吗?"

"感觉到什么?"

"我的手指按在你脚趾上的压力。"

"我没有脚趾。"

"那就是没有感觉?"

"我早就不想要这双脚了。"

"谢谢。"他朝朱莉塔点点头，这会儿她正在一旁记录。

他银色的眉毛看上去很凶。他今天穿着一件硬挺的白色外套，和他银白相间的头发很相称，脖子上少见地挂着听诊器，让他看上去比平常更加严肃。

"我猜在将来某个阶段你会拿那玩意儿听我的心脏。"露丝说道。

"你已经告诉我没这个必要，我相信你的话。"

戈麦斯转向我，双臂交叉在胸前。"你的母亲对我的临床治疗进行了投诉。所以两天内会有一名来自洛杉矶的主管和一名来自巴塞罗那的卫生官员到访。我要求你俩都参加。我知道来自洛杉矶的那位先生是马修·布罗德本特先生的一位客户。布罗德本特先生一直在训练他和投资者进行有效沟通。"

我瞥了一眼朱莉塔，她仍全神贯注地做着记录。

我问露丝她为何要投诉。

她坐在那儿，腰板挺得笔直，从早上五点起她就在摆弄她的头发，现在它们被完美地别成了一个发髻。"因为我有可以投诉的事情。现在我能控制我的用药，我感觉好多了。"

戈麦斯医生应道："你的新药不太可能会治好你。请别忘了我们正在等待内镜检查的结果。"

我不清楚内镜检查是什么，他开始解释："这是针对身体内部的一种检查，你母亲做的是喉咙内部的检查，用的是一个叫作内镜的设备，这是一根长软管，一头连着摄像头。"

"是的，"露丝回答道，"不是很舒服，但也不至于太痛苦。"

戈麦斯朝朱莉塔点点头，朱莉塔的状态也很奇怪，因为她宣布从现在开始，所有进一步的问诊都由她亲自记录。她推着露丝朝门口走去时，看都没看我一眼。

"索菲亚·伊琳娜，请留步。"戈麦斯示意我在他桌子对面的椅子上坐下来。

我坐了下来，此时另一个护士走进来，把手里端着的银色托盘放到他的桌子上。托盘上放着两只羊角面包和一杯橙汁。

戈麦斯感谢了护士给他拿来早餐，并让她转告下一位病人，他会迟到一小会儿。"我想和你说两件事，"戈麦斯说道，"首先我们必须谈谈来自制药公司的那位先生，我想你会有兴趣听一下。"

他端起橙汁准备喝，又改了主意，重新把杯子放回桌上。"我们的访客——来自洛杉矶的詹姆斯先生需要找到有效策略拓展新市场。多年来他一直骚扰我。他的方法有点意思。首先他创造出一种疾病，然后提供对应的解药。"他的大拇指压在那一撮白头发上。

"他怎样创造一种疾病？"

"容我慢慢解释。"

他的拇指继续在头上绕着小圆圈，好像正在试图将大脑里一些不愉快的东西驱赶出去。过了一会，他将听诊器从脖子上拿下来放在桌子上。

"想象一下，你，索菲亚·伊琳娜，有一点内向。这样说吧，你很害羞，想要变得更大胆一些，学会在日常生活中保护自己。他希望我把这个称为社交焦虑障碍。通过这种方式，我就能将他为社交焦虑障碍发明的解药卖给你。"他突然咧嘴大笑，以至于我在他的金牙上看到了反射出的自己。"但是你，索菲亚·伊琳娜，作为一名热心的人类学家，我作为一名热血的科学斗士，我们必须让我们的思想在拉斯阿尔普哈拉斯山谷自由驰骋。我们不能总是做药物的奴隶。"戈麦斯将装有羊角面包的盘子朝我这边推了推。"请随意享用，不要客气。"

这感觉像是一场贿赂。他的语气友善，但他绝对已处于崩溃的边缘。他瞥了一眼桌子上的电脑。"你在雅典见到你父亲了吗？"

"是的。"

"然后呢？"

"我的爸爸将我报废了。"

"哦？就像对一辆被撞得面目全非的车那样？"

"不是。"

"那你是怎样被报废的？"

"他一直试图忘记我的存在。"

"他成功了吗？"

"他试图通过遗忘来确认自己的存在。"

"遗忘是记忆的反面吗？"

"不是。"

"所以你还没被报废？"

"是的。"

他比我的生父对我还友善。我还在雅典时，我们曾通过一次电话，电话里他坚持说我是莱奥纳多·达·芬奇。因为显然达·芬奇也想飞回到遗弃他的父亲身边，这也是他痴迷于飞行的原因。据我所知，他曾将自己绑在一架自制的飞行器上，飞行器散了架，他也摔到了地上。

我的胳膊肘碰倒了那杯橙汁。即将来访的制药公司高管也让我烦躁不安。

戈麦斯似乎没有注意到橙汁洒到了地板上，再次示意我品尝未动的羊角面包。他看上去焦虑不安，但我信任他。我能感觉到他对我有种父亲般的感情。

我咬了一口羊角面包。

"索菲亚·伊琳娜，你有一种'无法形容的魅力'。"

"真的吗？"

他点点头。

我开始大口咀嚼羊角面包。我有着和我的体形不相符的好胃口。我吃完一个羊角包，戈麦斯问我要不要再吃一个。

我朝他摇了摇我的卷发。"不了，谢谢。那太不健康了。"

戈麦斯看了看电脑屏幕，又看向我。"我没有什么好消息。我治不好你母亲。我很怀疑她是否能恢复行走能力。她的病症很诡异，像幽灵一般，时来时去。它们不具备物质性。你在雅典的时候，她和我说要截肢。那真的是她的愿望。她要求动手术。"

我笑起来。"她开玩笑呢，"我说，"你是不会理解她的约克郡式幽默的。她总是说要处理掉双脚。这只是一种修辞。"

他耸耸肩。"这可能是个笑话，但一定是一种威胁。不过我已经和她说了，对此我无能为力。她感到十分挫败。"

他继续向我解释，让母亲撤回某句话或打消她截肢的念头，并不在他的职责范围内。他打算返还大部分的医疗费用给我们。事实上，他已经打算明天将这笔钱转到她的银行账户。

我走上楼梯
看见一个从未出现过的男人
他今天又没有出现
我希望，我希望他已经离开

他怎么能误解我母亲的黑色幽默然后抛弃她，就好像她这番话是很认真的?

她是我的母亲。她的腿就是我的腿。她的痛苦就是我的痛苦。我是她的唯一,她是我的唯一。我希望,我希望,我希望。

"对她,我已无能为力。"他再次表示。

"但她在骗你,"我嚷道,"这不是事实,这不是真的。"

他用指尖摸着下巴。"你的下巴上有面包屑。"他说。

"这不是真的!"我再次吼道。

"是的,这让人很难接受。然而她还打算去咨询伦敦的一位顾问,实现她的截肢愿望。其实,她已经预约好了。"他告诉我,我们的对话到此为止。我应该理解帕帕斯特吉亚迪斯女士并不是他唯一的病人。

我太过震惊,以至于无法起身。我盯着那只蜷缩在玻璃笼子里的长尾猴,眼里的愤怒可以摧毁它在戈麦斯咨询室里的小窝。我会放它出来,让它自己跑到海里溺死。

戈麦斯的金牙全露了出来。"我估计你想放掉我的小猴子,这样它就能满屋子乱窜,去读我收藏的波德莱尔早期作品了。但是首先你得自己从那把椅子上站起来,走到门口。"他换了一种尖锐的语气。"去山上徒步吧。你得确保自己不会像你母亲那样一瘸一拐地走路,或者穿她的鞋子走路。"他指了指我的手。

我还抓着母亲的鞋子,这双已经和她的脚分离的鞋子。

昨天那个希腊美人看见贝多拉夫人家的三只母鸡都各有一条腿被系在同一棵树上。她开始哭泣。这令人焦虑、痛苦。还有四只小鸡死于酷暑。就让她相信没人看得到她所受的苦吧，没人看到她满怀悲伤，步履维艰。爱情如战争般在她身边爆发，但她从不承认她发动了这场战争。她假装她没有武器，但她喜爱硝烟。爱情并非她全部所需，即使在朗朗星空下无人可与她牵手仰望，说天哪，好美的月亮。她需要一份工作，我也有其他事情要做。

天堂

　　我一丝不挂地躺在死者海滩上。我左边眉毛上方有一小片玻璃。我不知道它怎么会在那儿。死者海滩是裸体主义者的海滩。这里不提供遮阳棚，正符合裸晒者的心意。两个妙龄少女——大约十七岁，身材苗条，在绿松石般清澈的海水里裸泳。一条丑陋的癞皮狗游在她们中间。她们爬出水面，搜寻被冲到岸上的棍子，然后把它们当作帐篷桩子锤进闪闪发光的白色卵石堆里。她们在上面挂一条绿色纱笼当作顶篷，投下一片荫凉。狗也爬过去，和她们一起坐在炎炎烈日下。过了一会儿，其中一个女孩拿出一瓶水，倒进这只野兽的碗里，当她抚摸癞皮狗的湿毛皮时，它嚎叫起来。

　　狗在嚎叫。

　　它被抚摸着却仍然一直在嚎叫。

　　它无缘无故地嚎叫。

　　生活不能比这更美好了，它还在嚎叫。

237

那是巴勃罗的狗。那条阿尔萨斯犬。那条德国牧羊犬。潜水学校的狗。无论身在何处，我都能辨认出它的叫声。巴勃罗的狗还活着，在死者海滩上嚎叫。

其中一个女孩拿出一把梳子，梳理她湿漉漉的长发。梳子有节奏的动作似乎安抚了这只焦躁不安的动物，它正在一旁百无聊赖地舔碗里的水。她在梳头发，它在喝水。

女孩们这会儿不再理会这只愁苦的野兽，转而背靠在它湿漉漉的身上，朝海平面坐着。一个赤裸的男人，约莫四十岁，正和他的小儿子一起朝海里扔石子。当他发现有赤裸的女孩在看他，便转过身去，猛地朝大海掷出一块小石头。他在向女孩们展示他的力量，而她们假装没注意到，但事实上这一切她们已经尽收眼底。这个男人是一名父亲。他和儿子站在一起，他已经对其他人宣誓。也许他诱骗过一个女人，和这两位年轻女孩一样迷人的女人，也曾和她们一样大方地展示自己的身体，梳理打结的湿发。他已经被俘获一次，但还想再次被俘获。这是一场狩猎。但也是唯一一种猎物希望被狩猎者驾驭撕咬的狩猎活动。

滚烫的岩石。清澈的海水。

水母的威胁暂告一段落，它们今天从海洋消失了。它们去哪儿了？我脸朝下趴在白色的卵石上。我全身赤裸，除了眉间的玻璃薄片。我已经不再想知道这一切意味着什么。

白色卵石的热量温暖了我的腹部，咸咸的海水在我棕色的皮肤上留下道道白色条纹。我身处天堂，但并不愉快。我就像那条曾属于巴勃罗的狗。历史就像身体里的黑魔法师，无时无刻不在撕扯着我们的肝脏。

我有一整天时间可以在死者海滩上消磨。

来自丹佛的丹打电话来说，他给咖啡屋储藏室的墙刷了一层新的白漆。似乎他一次小小的翻新就已经把我的房间变成了他的。他说我把一些人类学的专业书落在了床底下。他该怎么处置我的鞋子和大衣呢？它们都挂在门后的钩子上。这真是一场灾难。储藏室是我的地盘。它也许只是一个简朴的临时住所，却仍是我的家。我在墙上写下了玛格丽特·米德的诗句，这是我做的标记，还用了五个分号"；；；；；"，它们在短信里是眨眼的意思。

过去我常常对我的学生们说，提高洞察力的方法是：研究婴儿；研究动物；研究原始人；进行心理分析；转变宗教信仰并克服其中的困难；精神病发作并战胜它。

那晚我遇到马修，他提着一箱子古着店的衣服。他说那是英格丽德要带回柏林家里的工作，他还问我有没有什么话需要他带给英格丽德。似乎我已被禁止和她直接对话，只能通过他在中间传递信息。

我站在八月末炙热的阳光下，汗流浃背，几近崩溃。

我想对英格丽德说些什么呢？

我让他等等。

"对了，索菲，那瓶你和英格从我酒窖里偷走的酒怎么处理？那是瓶中档酒，大概价值三百镑，我认为你应该付一半的钱给我。"

他因为那箱衣服腾不开手，所以朝我晃了晃脚上的白色帆布鞋以加强语气。

我大笑起来，自己听着都觉得可怕。"告诉她巴勃罗的狗还活着，并且很自由。它会游泳，因为它有个和大海有关的过去。"

"你什么意思，和大海有关的过去？"

"在它还是小狗的时候，一定有人训练过它的游泳技能。"

"你简直就是个疯子，索菲。"

马修拎着箱子，吃力地朝我走来，并在我脸颊上亲了亲。我能感觉出来，他的身体比他要聪明，我喜欢他贴近我身体的感觉。我把我另一边疯狂的脸颊贴上他疯狂的嘴唇。

现在是晚上十一点，我又一次赤身裸体，但这次是和胡安一起。

我们的身体在颤抖。我们躺在房间地板的土耳其毛毯上，这房子是他为了夏天在紧急救援屋工作租的。

"索菲亚，"他说，"我知道你的年龄，你的国籍。但是我对你的职业一无所知。"

我喜欢他不爱我。

我喜欢我不爱他。

我喜欢他从市场买来的两只野生小菠萝的黄色果肉。

他正在亲吻我的肩膀，但我把头别过去。他知道我在读一封亚历山德拉发来的邮件。

他让我大声读出来。

信是用希腊语写的，我得用英语翻译出来。

亲爱的索菲亚：

你的妹妹很想念你。我的一个朋友说我有两个女儿。我纠正她，不，我只有一个。她说，不，你有两个。她指的是你。我把你看作妹妹，但那时我意识到我女儿才是你的妹妹。你爸爸对我说他死后要把我们所有的钱都捐给教堂。我把你当作姐妹才告诉你。尽管我也有信仰，但是我需要抚养我的女儿，也就是你的妹妹。你应该知道我丢掉了在布鲁塞尔银行的工作。我很担心我的两个女儿，是的，其中一个是你，还有他的老婆，也就是我，会一齐成为他那个上帝的牺牲品，我们会失去我们的投资和房子。写这封信还为了要说，我希望你亲生母亲的身体越来越好，腿脚也能逐渐恢复。

祝一切顺利。

亚历山德拉

　　他要我用希腊语读给他听。"这种信件就是应该用希腊语来念。"他正在抚摸我身体的某个地方，他知道这会让我微微颤抖。

　　我们讨论美国，这个国家给了人类学家克洛德·列维－斯特劳斯一个家，给了李维斯这个牛仔裤品牌一个家，或许还将给我一个临时的家完成我的博士学习。如果论文的主题是回忆，胡安想知道我将从何写起，又将终于何处。当他把小玻璃薄片从我眉毛里取出时，我承认，我常常迷失在时间维度里。有时我感觉过去比现在更触手可及，而未来，我害怕它已然成为过去。

修复

我动身去雅典前打碎的那只仿古希腊花瓶的碎片仍留在海滩公寓的桌上。我在想是不是要试着把它重新拼起来。七个女奴在泉水旁打水的图案也损毁了。她们的奴隶之身已经破碎，头骨已经开裂。我盯着她们看了好长时间，决定放弃用油灰和画笔将她们修复。我打开一瓶酒，在阳台上喝起来。

"给我水，索菲亚。不要太凉。"

我是一个女奴，一个女酒鬼。

我拿来用水壶煮开、但没有放在冰箱里冷藏过的水。这水还是不合她心意，但我开始明白错误也有更多可接受的维度。我不再和她说话。她要截肢的消息令我大为震惊。她已经放弃与我进行谈话的权利，因为她选择用外科医生的刀取代言语。我无法与她的个人意图及想象力的暴行一起生活。但其实我并不能确定自己眼下生活在何种现实中。我已经不知道什么是真的。从这个意义上来说，我的双腿无法再稳当地站在大地上。我不再拥有掌控力。我的母亲退让、放弃、犹疑、拒绝、抛弃，以及一味否认所有的事情，她正拖我下水。我对她的爱就像一把斧头。她从我手中夺走它，威胁要用它砍掉自己的双腿。

她威胁要截肢，这令我惊骇。我发现原来睡眠是为更快乐的人准备的。我整晚未眠，一直在为去美国完成我的博士学业作申请准备。我想尽可能地远离她。我敲打键盘，在沙漠的星空下，那些句子在破碎的电子屏幕上成形。我看着太阳升起。它在天空中前后移动，但其实是地球在围绕着太阳倾斜、旋转。

我随之一起旋转，按下了"发送"。

※

　　我又梦到了那个希腊女孩。我们一起躺在沙
滩上，我的手抚着她的胸口。我们都睡着了。她
醒来时大叫，看！她指着我的手印，我的手在她
皮肤上留下白色的痕迹，其他地方都是棕色的。
她说，我会带着你留在我身上的这个野兽爪印，
去震慑我的敌人。

被审判的戈麦斯

制药公司的高级主管和巴塞罗那的卫生官员坐在咨询室坚硬的木椅上，正好处在长尾猴笼子下方。其中一人十分消瘦，一头短短的银发。他的同事胖一些，脸颊松弛，稀疏的黑色头发油光闪亮地搭在头皮上，双唇小而湿润。

骨瘦如柴的主管显得坐立不安，右手攥着高尔夫球，时而用大拇指轻敲，时而把它抛到空中再接住。戈麦斯站在桌前，朱莉塔双腿交叉坐着，穿着一套似乎是全新的白色医生制服。我母亲如帝王一般坐在轮椅上，我站在她身边。

戈麦斯向那两位来客打招呼。"请允许我介绍来自洛杉矶的詹姆斯先生。"他指指瘦削的银发男人。"还有来自巴塞罗那的科瓦鲁维亚斯先生。"

他朝我母亲的方向挥挥手。"这是我的病人帕帕斯特吉亚迪斯夫人，还有她的女儿索菲亚·伊琳娜。"

胖主管朝我母亲露出暧昧的笑容。"希望您今天感觉不错。"

"出来转转挺好。"她回答说。

詹姆斯先生抛起高尔夫球，又接住它。

"那么，请问有什么需要帮您的？"戈麦斯语气礼貌但还是显得唐突。

来自洛杉矶的詹姆斯先生倾身向前，试图和我母亲进行眼神交流。他必须克服的第一个困难就是读出她的姓。严格来说，他念出的那个发音并未指向他想指的那个人。

"我了解到你曾在这里住院两晚。你能跟我们详细讲讲吗？"

"我脱水了。"露丝严肃地说。

"的确如此。"穿着细条纹外套的戈麦斯抱着双臂说道，"而且当时我们给她静脉注射盐水。这在戈麦斯诊所顶多算是一项基础处理。你们关心含水量这件事是没错的，因为对我的病人而言喝水并非易事，更别提吃药了。"

詹姆斯先生点点头，转向露丝："但是我还了解到你被要求停药？"

"我现在又开始服药了。阿尔梅里亚医院的医生也很关心我。"

朱莉塔向前迈了一步。"先生们，早上好。"她看了一眼她父亲。

戈麦斯点点头，两人似乎正在传送某种秘密信息。他们看起来都全神贯注，紧张不安。

"治疗仍在进行中，"朱莉塔说，"正在进行当中。我们还有工作要做。我们希望尽快结束这次面谈，和帕帕斯特吉亚迪斯夫人单独谈话。"

"治疗已经结束了，"我母亲说，"没有在进行当中。我返回伦敦后还有其他医疗安排。"

科瓦鲁维亚斯先生拍了拍他的领带。他英文流利，还能毫不费力念出我母亲的姓。他让她列出目前服用的药物，她描述得很详细，詹姆斯先生则不时在问卷上勾勾画画。

当露丝向他询问她所服用的一种新药的具体信息时，他的语气令人安心，似乎还略带兴奋。他小声告诉她，阿尔梅里亚的那位医生是他同事，他给她开的处方能够帮助病人减少对他们不利的负面内心活动。

"什么样的内心活动？"露丝身体前倾，想听得更清楚些。

"自我谴责或被害妄想。"他似乎想表明还有其他类型，但刚刚提到的这两种就足够我们应付了。

"它能够消除那种内心活动？"

"平息。"他说。

"平息。"她重复道。

"我想在英语中你会用'嘘'这个词。"科瓦鲁维亚斯先生似乎渴望继续同我母亲对话。他的手机在口袋里振动。

"首先，我想知道你的医疗顾问有没有向你展示过治疗计划进度表，向你说明有关你的治疗如何推进，以及已经取得的成效？"

"我没见过这类计划进度表。"露丝说。

"抱歉，耽误了您的时间，帕帕斯特吉亚迪斯夫人，但是我认为我们目标一致。我们想知道目前为止治疗是否有效地帮助到了您的生活？"

露丝考虑着这个问题。这似乎让她变得有点异常。她脸色逐渐苍白，肩膀颤抖起来。她静静地坐着，陷入沉思。她举起手，似乎是朝我勾了勾手指。我不知道她想要传达什么，但这个手势让我想到了那个机场附近破房子里的小孩，她朝我们的汽车挥了挥勺子。也许她是想叫我们走开。

也可能是你好，或者求助。

"你能重复一遍问题吗？"

朱莉塔·戈麦斯插了进来。"你无须回答，露丝，你可以自己选择。"

露丝盯着朱莉塔清澈善良的眼睛。"我早晨起来，穿好衣服，绾好头发。"

她说话时穿西装的人就在问卷上勾勾画画。

"小时候我每天跑好几英里路。翻过篱笆，跨过沟渠，我会用草编哨子。但现在我成了一匹可怜的朽马。"

一直低头看问卷的科瓦鲁维亚斯先生抬起眼皮。

"朽？"

"'老'的旧式说法。"她解释说。

詹姆斯先生从他同事那里接过话。"我们组织今天的会面是因为我们对你目前的状况感到担忧。"

戈麦斯清清嗓子。"先生们，请注意，目前为止我的病人已经检测过的项目有中风、脊髓损伤、神经压迫、神经卡压、多发性硬化、肌肉萎缩、运动神经元病、脊柱关节炎，我们还要讨论最近的内镜检查结果。"

詹姆斯一边听戈麦斯说话，一边紧张地摆弄着高尔夫球。他皱着眉头，似乎戈麦斯在说一门外语。实际上也确实如此，因为他是在西班牙说英语，而来自加利福尼亚南部的詹姆斯却说着一口流利的西班牙语。

他把高尔夫球抛到空中，球弹到他头顶的架子上。

有极其微弱的东西开裂的声音，准确来说这不是什么叮当声，而是干脆利落的破裂声。主管先生跳了起来。他们全都扭头看向那只猴子，它的头上有一圈白毛，眉毛令它看起来凶狠又警觉，长尾巴竖得高高的，似乎就要用力尖叫起来。

"抱歉，"詹姆斯说，"我不知道它在那儿。"

从我站的角度看去，那只被突然击中的猴子好像飘浮在他们头顶上空。它那双失去生气却仍旧明亮的双眼盯着来自欧洲和北美的高级顾问。他们是新时代的白人职业猎手，带

250

领着由搬运工、仆人、警卫和扛枪者组成的浩荡队伍奴役别人，猎取象牙。我母亲就是象牙。詹姆斯先生甚至不知道怎样念出她的名字，但她还是和他们进行了物物交换，用双腿换取他的兴奋剂。他赢得了土地。

科瓦鲁维亚斯先生身体前倾。"你有没有什么担忧想告诉我们，索菲亚？"

房间里只能听到露丝黑帮手表的嘀嗒声，她纤细的手腕上那一圈廉价钻石正闪闪发光。

"我不知道我母亲到底是死了还是活着。"我说。

朱莉塔盯着墙壁，似乎不想让人知道她认识我。

"索菲亚，请继续说，不是非得要用专业术语。"詹姆斯先生露出鼓励的微笑。

露丝突然用手猛拍轮椅。

"术语对我女儿来说没有任何问题，她拿到了一等学位。"

她转向我，开口竟是希腊语。她好久都没这样做了。我三岁时，她开始教我希腊语。也许是出于一种惩罚父亲的心理，我们极少用希腊语沟通。我努力抹去有关这门语言的全部记忆，但想让它噤声十分困难。尤其是父亲离家之后，几乎每天，这门语言都在与我进行滔滔不绝的对话。奇怪的是，她用希腊语跟我讲了一个关于在约克郡生活的刻板印象的笑话，唯一一句用英语说的话是"我也没有惠比特犬"。

我微微一笑，她大笑起来。朱莉塔看着我们，样子很痛苦。也许她眼前这一对母女之间罕见的默契把她自己那位过世的母亲从棺材里召唤了出来，她现在正在屋里的什么地方和我们待在一起。我和露丝看上去比实际上更幸福。我随性地说着话，母亲则用一个笑话打断了我，她砰的一声砸到桌子，坚持说我没有问题，听上去就像是在恭维我。

同样，詹姆斯先生似乎也稀里糊涂，有些沮丧。我们已经偏离轨道，出现了迂回、转向和延迟。露丝是在轮椅上，但她在希腊字母表里自由散步，在 alpha 和 omega 之间的孤独领域里徘徊，还用上了诸如"朽"和"惠比特犬"等词。它们都不符合詹姆斯凭借问卷来叙述的故事，问卷被置于他的腿上，仿若真理。

他举起手挡在嘴边，小声和科瓦鲁维亚斯先生说着话，科瓦鲁维亚斯先生点点头，然后把手伸进口袋里掏手机。在他用笔勾勾画画的时候，我看到他的未读邮件攒了七十三封。

"戈麦斯诊所给了我希望。"我的声音在颤抖，但我确实是这么想的。

戈麦斯立刻打断我，开始用西班牙语和主管交谈。谈话很长，朱莉塔时不时会插话。她的语气干脆，甚至有些生硬，她的情绪颇为激动，左手摸着喉咙。一旦她提高声音，她父亲就会朝她摇摇手指。

被击中的长尾猴盯着我们所有人。

詹姆斯先生站了起来。"见到你很高兴。"他朝我母亲的瘸腿方向低下了满是银发的脑袋。

科瓦鲁维亚斯先生吻了吻露丝的手。他的鼻子有点平，仿佛曾经历一场搏斗。

"深表歉意。"他的声音低沉而疲惫。他把胖胖的手指伸进口袋，打起精神从里面拿出车钥匙，仿佛只想马上跑到诊所空地上停着的白色豪华轿车那里，再一路超速狂飙到巴塞罗那。

他们走后，戈麦斯请我离开房间。"我想单独和我的病人聊一下。"

露丝朝一脸严肃、毫无笑容的医生摇了摇她关节弯曲的手指。"戈麦斯先生，你那灵长动物的玻璃笼子就在我女儿头顶旁边碎了。她眉毛上还有一小块玻璃碎片。请您今后在笼子上盖一块布。"

我朝门走去，我想我看见一束光从我母亲身上射出来。同时，我看见她的美回到了她身上。她的颧骨、她柔软的皮肤——她突然变得生动活泼起来，她仿佛变成了她自己。

战胜索菲亚

一切安宁而平静。

太阳正在冉冉升起。

空中盘旋着一圈黑烟。远方某处发生了爆炸。

我听从戈麦斯的建议，开始去山中徒步。我沉浸在粗犷的自然景观中，惊叹于其丰富的细节。多肉植物长在岩石缝间，它们的根茎充满光泽，既对称又鲜活。我的登山包里插着一瓶水，耳朵里塞着耳机，里面正播放着菲利普·格拉斯演奏的歌剧《阿肯拿吞》。我希望宏大的音乐可以像火焰一般，烧毁我皮肤下肆意潜伏的恐惧。我离开天空冒黑烟的那片区域，进入干燥的山谷，朝看上去像古阿拉伯城堡废墟所在的方向行进，蜥蜴从我的运动鞋下快速窜过。大约一个小时以后，我在废墟的阴影里停留，一边休息一边寻找一条能够让我折回沙滩的路径。

她正在远处等着我。

英格丽德戴着头盔，蹬着马靴，全副武装地骑在那匹安达卢西亚马上。马的上方，在令人眩晕的高空中，一只雄鹰张开双翼盘旋着。当她骑马朝我奔来，狂暴的音乐正在我的耳机里轰鸣。她的胳膊十分健壮，长发编成了辫子，大腿紧紧夹着马腹，山脚下的大海波光粼粼。

　　一开始我只是默默看着，就好像盯着火车车窗外渐渐消失的风景一般，但是随着她离我越来越近，我才意识到她骑得有多快。我知道英格丽德的体能已经达到极限。她敢冒风险，也会深思熟虑，但有时候这并不能奏效。她已经把她的妹妹斩首，她也会将我斩首。

　　我摔倒在地，好像被击中一样。我趴在地上，双手护住头部。马蹄声在我耳边不断敲击着，我体内的血液像一条黑暗的河流翻滚奔腾。突然间马跃过了我，阳光在一瞬间变成阴影。它散发出的体热猛烈而充满野性。我的心怦怦直跳，撞击着身下温热的土地。

　　英格丽德高高骑在那有王者气势的马上，仿若与天空融为一体。我的耳机和音乐播放器被甩在身后，同一团团的蓟草与被太阳烤焦的石子缠绕在一起，但音乐还在播放着。它原本的轰鸣和威力现在变成涓涓细流般的声音，汇入安达卢西亚马的高声嘶鸣和隐身的沙漠动物更微弱的鸣叫之中。

　　"佐菲，你为什么像个牛仔一样躺在地上？"

　　她拉着缰绳，我意识到她在离我还有一定距离的时候停了下来。我在尘土和蓟草间惊慌失措，但的确是我自己将耳机扯了下来。

"你不会真的以为我会骑马从你身上碾过去吧？"

我扬起头看着安达卢西亚马那古老而黑亮的眼睛，英格丽德在马上吼道："佐菲，你觉得我是一个杀人犯吗？"

我确实相信她会用莱昂纳多的马把我弄骨折。

我刚才倒地时一定是把膝盖擦破了，因为当我站起来时，我发现牛仔裤撕裂了。

我一瘸一拐地越过蓟草和石子向马走去。

"你要抛弃我了吗，佐菲？"

"没有。"

"既然这样，把你的衬衫给我。"

我踮起脚尖，把被汗浸湿的衬衫举过头顶，递到英格丽德伸出的手上。

太阳炙烤着我的肩膀。

"你为什么想要我的衬衫？"

她拉起我的手把我拽得更近些。

"我送过你一件礼物，但是你没有给我任何东西作为回礼。在丝绸上刺绣很难，针脚总是滑跑。我用了一种叫作八月蓝的线来绣你的名字。"她一边拉着缰绳，一边还抓着我的手，好像在担心我会挣脱溜走。

我打破了交换的惯例。她给予，我接受，但是我没有回礼。

爱这种礼物永远不会是免费的。

八月蓝。

蓝色是我对于失败、坠落和感受的恐惧，也是我们头顶阿尔梅里亚八月天空的颜色。她的头盔滑到了眼睛上面。蓝色是她的眼泪，是她在遗忘和铭记之间存活的挣扎。

她放开我的手，用膝盖蹭了蹭马。

我看着她把我的衬衫塞进马鞍，调整好头盔，然后消失在尘土中。我解开缠绕着蓟草的耳机线，重新将耳机戴好，拿出已经温热的水瓶，一口气喝完了里面的水。

在正午骄阳的暴晒之下，我穿着胸罩和撕破的牛仔裤，蹬着汗津津的运动鞋，开启漫漫回家路。音乐播放器从我屁股后面的口袋伸出来，耳机在我的耳朵上挂着。我望着山脚下的大海，里面的水母正以最奇特的方式漂浮着，我觉得自己又重新焕发生机，甚至想要大吼。

沙漠里的鸟儿在我头顶叫着，我不是很确定英格丽德对我的禁忌之爱是不是一笔我用一份礼物就可以还清的债。尽管我从身上脱了一件衣服给她，我也还是不确定。

我爱着英格丽德·鲍尔，她也爱着我。

她不是一个安全的爱的对象，但是我已经准备好承担风险。是的，一些东西变得越来越大，而另外一些变得越来越小。爱情变得越来越大，越来越危险。科技变得越来越小，人类的身体变得越来越大，低腰牛仔裤紧紧地勒着我的臀部，因为一个月以来天天游泳，我的臀部被晒成棕色，并且圆润紧实。腰部的赘肉从腰带中挤出来。我就像纸杯中溢出的咖啡。我在想，我是不是应该把自己变得小一点？在地球上，我到底有没有足够的空间把自己变小？

一圈圈的黑烟已经在天空消散。

当我终于走到山下那条通往沙滩的小径，我仿佛已然走了这辈子走过的最远的路，它远离所有我能够认出来的地标。

此刻，我饥渴难耐，嘴唇开裂，脚底起泡，膝盖擦伤，臀部瘀青，但是我仍暗自庆幸，我不用躺在沙发的毯子下面打盹，旁边躺着一个老人，腿上坐着一个婴儿。

漫步

我走近沙滩，看到一艘划艇正在靠岸。这就是那艘名叫"安吉丽塔"的船，它之前一直停放在花园里，那座有着拱门状的枯萎茉莉花的房子的花园里。肌肉发达的渔夫之子往右胳膊上套皮圈，然后将两条他捕到的鳞光闪闪的剑鱼拖上岸。它们像战士一样躺在船里，约有三英尺长，身上的剑还有一英尺长。他的两个兄弟也蹚进水里，帮他一起将船拖到沙滩上，但还是太沉，他们开始喊人帮忙。我把登山包扔到沙滩上，仍然穿着胸罩和牛仔裤，跑过去和他们站在一起。我们抓住绳子，把船拽到岸边。渔夫的儿子拿出一把沉重的刀，准备把剑切下来。当剑从有着蓝眼睛的银色鱼身上被割下时，他把它扔给我，像斗牛士将公牛的耳朵扔到人群里那样。它落在我的脚边，那一刻，我想起我母亲想要用手术刀割下双脚的心愿。

我走向大海更深处，海水漫过我的肚脐，我发现自己在

259

号啕大哭。肚脐是最古老的人类伤疤。我的母亲最终还是成功地击溃了我。我跪在海里，用手捂住眼睛，像小时候哭泣时那样，想象没有人能看见我。没有人。我曾希望自己能隐形，希望被误解。如果有任何人问起，我将不知道从哪儿说起，到哪儿结束。过了一会儿，我转过身，看着两座悬崖之间的空隙，然后我看到了她。

我看到了她。

一位六十四岁的老妇，身穿向日葵图案的连衣裙，正沿海岸走着。她左手拿着一顶帽子。是的，是她，她在走路。一开始我以为她是一个幻影，因为我在沙漠骄阳之下暴晒了一整天，这或许只是我多年渴望产生的幻觉。她十分专注，并没有看到我。我正准备跑向她，跑到我母亲那里，张开双臂拥抱她，但她看起来很满意自己能一个人待着，一直往沙滩的尽头走去。她脸上显示着某种决心，仿佛在和她脑子里一些不可能的想法博弈，想够到一些她无法抓住的东西。不让她看到我的唯一方式就是回到海里。我再次进入水中，背对着她轻快的双腿，游到更远的地方。当我最终转过身面朝海岸，露丝·帕帕斯特吉亚迪斯仍然在海边漫步。一位刚迈入晚年不久的女人，身着一条漂亮的连衣裙，戴着一顶帽子，光着脚在沙滩上漫步。

过了一会儿她朝木质斜坡上专供游客冲洗脚上沙子的淋浴处走去。她也在那里冲洗脚上的沙子。冲洗和她身体还相连着的双脚。我在水里一直待到太阳落山，当我游回岸边时，海里的水母已倾巢而出。我穿着牛仔裤奋力游着，这次我看到了一大群水母，一次水母的集会。我划动胳膊穿过它们，头埋在水下，在地中海里划水前行。我的腹部和胸部都被蜇了，但这并不是发生在我身上最糟糕的事情。当我从水里出来，我在沙滩上搜寻母亲的脚印。到处都是。我捡起一根棍子，在两个脚印的周围画了一个长方形，将它们留存在西班牙南部的阿尔梅里亚。这是露丝·帕帕斯特吉亚迪斯的足迹。

她的脚趾张开，双脚修长，因为她很高挑，可能超过了一米八。她是两足动物，并且很明显，她走路的姿态很悠闲。这些足迹记录了她的一切：她们家族第一位考上大学的女孩；第一个嫁给外国人，跨越阴冷的海峡抵达明亮温暖的爱琴海的人；第一个学习新语言的人；第一个放弃她母亲信仰的上帝的人，生的女儿还是深色皮肤的小个子，不像她那样高挑、一头金发；第一个独自将子女抚养长大的人。如今她六十四岁了，她就在那里，正在冲洗她脚上的沙子。在外科医生发现这些脚印之前，潮汐就将先带走这些印在潮湿坚硬的沙子里的足迹。

我害怕她，也替她担心。

如果关于截肢她是认真的，又该怎么办？如果她真的那样做了，如果她截去双脚，我怎么能让她保持完整并活下去呢？我怎样去保护她？我又怎样保护自己不受她的伤害？自打出生那天起，我就一直盯着露丝·帕帕斯特吉亚迪斯，尽量表现得不那么警惕。

索菲亚，你总是离我很远。

不。我总是靠得太近。

我必须停止观察我所知的她的全部失败，因为我会带着我的鄙视和悔恨将它们石化。

潮汐就要来了。我沿沙滩漫步，瞧见了那个总是躺在沙子里的小女孩，她的妹妹则忙着将她的腿埋在沙子里充当美人鱼的尾巴。这次她们在用一截树木的残枝代替她的腿。我走到小女孩跟前，将手伸进沙子里找到她的手腕，然后用尽全身力气把她从沙子墓穴里拉了出来。她的妹妹们尖叫着跑向她们的母亲，她当时正坐在不远处的折叠躺椅上抽烟。她闻讯将烟扔到沙子里，向我跑来。她咒骂我的时候，脖子上沉重的金链子左右晃荡。我飞快地跑开，非常快，比一只蜥蜴闪到石头后面还要快，我一直跑到紧急救援站才停下来。

黄色的美杜莎旗帜高高飘扬着。胡安告诉我区议会担心游客不来沙滩了。他们正忙着制订一项名叫"美杜莎计划"的决策，告诫游泳者"警觉浅滩的蜇伤威胁"。他一边大笑，一边咬了一口多汁的红苹果。"你知道，"他说着从我身边走开，"水母的泛滥是海龟和金枪鱼这些天敌的减少，还有全球气温以及降雨变化等因素导致的。"他穿着拖鞋来回踱步。

他有大海的气味。他的胡子颇有光泽。他身材瘦削，皮肤呈棕色，很享受地吃着他那又脆又新鲜的苹果。他朝我走来，将遮住我眼睛的几缕散发拨到一旁，手上沾着黏黏的苹果汁水。他用西班牙语对我说着什么。

"我看上去比你温柔，你看上去比我强硬，我说的对吗，索菲亚？"

弑母

我的母亲穿着向日葵连衣裙，正坐在一把面朝墙的椅子上。她重新穿上拖鞋，草帽躺在地板上，像是她一生气随便扔在地上的。

"是你吗？"

"是的，是我。"

我等着她告诉我好消息。

她的眼睛盯着墙壁一动不动。

她的腿仿佛是她的同谋，总是在和她一起小声密谋着什么。她穿上拖鞋，隐藏起她轻快的双脚。

"给我一杯水，索菲亚。"

气泡水，纯净水，我应该选择哪一种呢？

我打开冰箱，脸颊贴着冰箱门。她背叛了我。这么多年来，我从未对她的康复放弃希望，但是她却不想给我希望。我给她倒了一杯不合适的水。好奇她散完步以后是否还有胃口，我找到一根软香蕉捣烂，和牛奶搅拌在一起，以给她补充再次行走的能量。再一次。再一次。她如一位正承受着莫大痛苦的女性殉道者般接过盘子，眉眼低垂，嘴唇苍白，双手无力。

她很饿。

"你被太阳晒伤了，身上还都是沙子。"她说道。

"是的，今天过得不错。天气好极了。你今天做了些什么？"

"没做什么。和平时一样。能有什么可做呢？"

"好吧，如果你感到无聊，你可以砍掉你的双脚。"我抖落打结的湿发里藏着的沙子和海草。"我听说了你的截肢计划。你使我想到一个乞丐，她折断了自己的腿，这样人们就会施舍她钱。"

她冲我发了火。她的怒火像一曲暴力赞歌，她则是那只邪恶而声音洪亮的夜莺。

我没有梳开的头发令她感到恶心。我浪费了我的才智。我因情绪过盛而倍受煎熬，而她克制又冷漠。

她的蓝眼睛里满是悲伤和挫败。

我抓住她的手安抚她。她的手干枯而麻木。

她告诉我她害怕入睡。

她挣脱我的手，开始大声叫嚷。就像一根点燃的火柴不小心掉入一池石油里。她不知满足，不断攻击她能想起来的每一个人和每一件事。她呼吸急促，脸颊潮红，尖锐的声音颤抖着。愤怒长什么样子？它长得就像我母亲的瘸腿。

过了一会儿，我蹑手蹑脚地走进浴室，仍然能够听到充满憎恨的句子不断从她嘴里倾泻而出。她正在用言语对我实施电刑。她是一座电塔，我是跌落在地的长尾猴，浑身颤抖，但一息尚存。我开始淋浴，水母蜇伤处在热水的冲击下抽痛不已。它们刺激着我去做一些可怕的事情，但我还不能确定会是什么。晒伤，水泡，红肿瘀青，我已经准备好迎接这一切。我梳好了头，画上微微上扬的眼线。我并不确定梳妆打扮是为了什么，但我是在为惊天动地的大事做准备。英格丽德和她的马仍在我的脑海里盘旋。她给了我某种想法，它可能会一直潜伏在我的身体内部。我听到露丝嚷着让我在香蕉里再倒些牛奶。

"当然可以。"

我走进客厅，温柔地从她那具有欺骗性的、可悲的手里（并不像她的嘴唇那样具有攻击性）拿走盘子，向混合物中倒了更多牛奶，这一次我还加了蜂蜜。"至少让我带你开车出去兜兜风。"

让我诧异的是，她竟然同意了。"我们去哪儿？"

"我们会沿着通向罗德奎拉尔的那条路行驶。"

"很好。我一整天都没出过门。"她散完步后很是饥饿，胃口很好地一勺一勺将香蕉牛奶混合物送进她薄薄的嘴唇之间。

将她的轮椅推到车上是一项费时费力的差事。这天正好是周六晚上，小镇上挤满带着孩子外出的家庭。我猜她和我也是一家人。所有沉重的扛举对我来说都不算什么。凭借着我新增的怒气所带来的力量，我能轻而易举地将椅子举过头顶。我的母亲选择让她女儿停在原地，永远悬浮在希望和绝望之间。

　　她终于坐进了雪铁龙里，我正因为换挡而犹豫不决的时候，她说不用替她扣上安全带了。

　　"我就当那是一种自信的表现好了。"

　　"你在罗德奎拉尔有要见的人吗，索菲亚？"

　　"没有。"

　　我开上崎岖的道路穿越山脉，随后开上了高速公路。夜晚很温暖。她摇下车窗，望向黑漆漆的夜空。附近是一片废墟，锈迹斑斑的杆子立在坚硬的土地里，上面贴着"待售"标志。有人在废墟旁边砌了一座花园。一棵开着花的高大仙人掌被黄色仙人果的重量压弯了。危险的坑洞和小石头遍布这条路，挡风玻璃上满是灰尘。

　　我开得很快，并没注意到已经左转开上了高速公路。

　　"水，索菲亚，我需要水。"

　　我在一家服务站将车停下，跑进商店为露丝买了一瓶水。柜台上摆着一摞色情片和各种各样的钥匙扣，另一边还单独摆放着一瓶乡村粗制葡萄酒和一个瓷猪存钱罐。

当我们再次出发上路，车内显示屏表明时间已是八点五分，气温二十五摄氏度，时速达到一百二十码。一个锈蚀的废弃摩天轮孤零零地立在沙漠里，像张开的嘴巴，一个决绝的、廉价的笑容。

过了一会儿，我把车停在路肩上。"我们看会儿夕阳吧。"

其实并没有夕阳可看，但露丝似乎没有注意到。

我往外搬轮椅，又是十五分钟的举重。露丝先是紧紧靠着我的胳膊，然后倚在我的肩膀上，让自己坐进轮椅里。

"你在等什么呢，索菲亚？"

"我只是喘口气。"

不远处一辆白色的卡车正朝我们的方向驶过来。它满载着在炎热的沙漠奴隶农场塑料棚里种植的番茄。

我将母亲推到马路中间，把她留在那儿。

圆顶

　　夜晚，在藏身于多肉植物中的灯光照射下，戈麦斯诊所的大理石圆顶像一只孤独的、幽灵般的乳房。一座母性的灯塔坐落在山上，脉络分明的乳白色大理石在紫色的薰衣草花海中挺立。一只夜行的乳房，在明亮的夜星照耀下，宁静又险恶。如果这是一座灯塔，它要如何为在沙漠中惊慌失措、全身颤抖的我指明方向？灯塔不应该指引我们远离危险，把我们带去安全的港湾吗？然而对我来说，在我一生的绝大多数时间里，我的母亲才是危险之源。

　　我一踏进这座大理石坟墓，玻璃门便无声无息地打开，它不能理解我为何在这里，或者我希望找到些什么。一位年轻的男医生背对着我靠在一根柱子上，在手机屏幕上按着什么。灯光朦胧如黄昏。我向戈麦斯的诊疗室走去，并不知道他是否在那里，如果他在，我又要怎么做，但我没有别的地方可去。我敲了敲橡木板门。我的手指关节敲在木板上，发出沉闷的回响，不像大理石，任何东西摔在上面都会粉身碎骨。没有人应答，于是我用肩膀去顶厚重的门，门开了。房间里一片漆黑。电脑关着，百叶窗拉着，戈麦斯的椅子也是空的。但我能感觉到房间里有人。房间里有种奇怪的味道，闻起来像肝脏或者血液，一种黑暗的内脏气味。我低头朝地板上看去。戈麦斯趴在房间远一点的角落里，正盯着一个硬纸箱看。我能看到他的鞋底和他架在头顶银发上的眼镜。他转过头，吃惊地发现是我。他将手指放到唇边，示意我动作轻些。我蹑手蹑脚朝箱子走去，在他旁边跪下来。原来是霍多生了小猫。三只湿漉漉、皱巴巴的小生命正在它们母亲的身下吮吸着。母猫四肢摊开，时不时舔一舔它们皮毛上干掉的血迹。

戈麦斯凑近我的耳朵。"你看到它们的眼睛是闭着的吗？虽然它们看不到母猫，但是能够闻出它的气味。每一只小猫都有它最爱的乳头。最强壮的这只白色的小猫，正用它的小爪子在妈妈身上揉蹭，刺激奶水流出。"

戈麦斯轻轻地用手指抚摸母猫耳朵之间的绒毛，它有些不安地看着他。

"它正在舔这只小猫好让它暖和起来。它是最瘦弱的一只，看到没？它舔着最体弱的那一只，是在将自己的气味传给它。"

我告诉他我有要紧事情和他说。现在就要说。

他摇摇头。"这个时机不太合适。你必须先预约，索菲亚。并且你说话声音太大，已经吓到了我的猫咪们。"

我开始抽泣。"我想我杀死了我的母亲。"

他一直用他的手指轻轻敲打着霍多。现在他的手指停下来了。

"你是怎么杀死她的？"

"我把她留在了公路上，她走不了路的。"

他的手指又开始继续抚摸白色的皮毛。

"你怎么知道她走不了路？"

"她能。但又不能。"

"这是什么意思？"

"她走不快。"

"你怎么知道她走不快？她又没那么老。"

"不够快。"

"但是她能走路吧？"

"我不知道。我不知道。"

"如果你把她留在马路中间，你应该是认为她是能走路的。"

我们小声交谈着，小猫们在吮吸奶水，互相推挤。

"你母亲会站起来，然后走到路边。"

"如果卡车没有停下来呢？"

"什么卡车？"

"那时远处有一辆卡车开过来了。"

"在远处？"

"是的，但它离我们越来越近。"

"但是当时是在远处？"

"是的。"

"那么她会走开的，远离卡车。"

我的眼泪滴到小猫身上。

戈麦斯扶着我离开箱子。

我坐在地板上，双臂抱膝。

"我母亲到底怎么了？"

"你打扰到霍多了。"

他扶我站起来，陪我一起走出他的诊疗室。"我已经退钱给你们了，现在我得去花园里浇水，照料我的小动物们。"他看了看他的手表。"但我想不通的是，你到底怎么了？"

"我不知道我母亲现在是死是活。"

"是的，所有有着哀怨母亲的孩子都对此感到恐惧。他们每天都会问自己这个问题。她明明活着，为什么像死了一样？你将你母亲留在马路中间。可能她会接受你的挑战，拯救自己。命是她自己的。腿也是她自己的。如果她想活下去，她会主动从危险中走开。但是你得接受她的决定。"

我从来都没想过，她可能并不想活下去。

"你的疑惑是自找的，"他说，"你这是病急乱投医。我告诉过你，我已经对她能否走路的问题失去了兴趣。请你记住。"

他是村里的巫师。他会给我指明出路。"跑六层楼梯然后回家。"他说。

戈麦斯没起到任何作用。他一无所知。跑六层楼梯。这是从前外婆不想我再缠着她时常说的话。

"我们必须悼念死者，但是不能让他们主导我们的生活。"

那是他说的最后几句话。他又返回诊疗室，关上门。这似乎是一场终极告别。他好像在说，到此为止。戈麦斯跳进受难者的大脑，在他女儿的帮助下，让某种疗法运作起来，然而我不是很确定，那个受难者是我母亲还是我自己。

诊断

露丝站在我们海滩公寓的窗边,向外眺望银色的大海。沙滩上没几个人。只有几个青少年光脚躺在沙滩上,在繁星下嬉笑。

我母亲的身影是如此纤细高挑。

"晚上好,菲亚。"她的声音平静得有些危险。

我坐下来,看着她站起身。她高出我许多。看到直立的母亲的样子很有趣。我有一种奇怪的想法,我母亲可能是一个鬼魂。她已经死去,然后以一种新面貌复活回归。一个高大的、充满活力和专注的女人,一个不会把注意力放在剥开药丸,等待副作用上的女人。多年前她告诉我,我必须把银河写成 γαλαξίαςκύκλος,亚里士多德曾在哈尔基季基凝望银河。哈尔基季基半岛位于我父亲的出生地塞萨洛尼基以东三十四公里处。然而她从未提起过,在她自己七岁那年,在距离波克林顿四公里的东约克郡沃特村,她也曾凝视天上的星星。她有没有躺在约克郡荒原的雪花莲中间，为自己规划宏伟人生呢？

我觉得她这样做了。她又消失于哪一片鬼魅天空中了呢？

"霍多生了小猫。"我说。

"几只？"

"三只。"

"生产完的母猫身体还好吗？"

我注意到她并未打听小猫们的安危。

"给我一杯水。"我说。

她想了想。"说'请'。"

"请。"

我看着她走进厨房，听到冰箱门打开的声音，液体流进一个玻璃杯中的声音。她拿着水朝我走来。

我的一生都在服务她。我是服务员。侍候她，等待她。我在等待什么？等待她进入真正的自我或者从她病态的自我中走出来。等待她走出阴霾，买一张驶向积极人生的船票。同时为我预留一张船票。是的，我一生都在等待她给我预留一个座位。

"干杯。"我举起杯子。

面向海滩的阳台门自动打开了。微风穿过房间。一阵温暖的沙漠微风，裹挟着海草浓浓的咸味和热沙的气息。海浪跌碎在沙滩上，阳台的圆桌上放着我的笔记本电脑，中国制造的星空屏保在西班牙真实的星空下开启。整个夏天，我都在数字银河中漫步。这里很安宁，但是我并不平静。我的大脑就像高速公路边缘，那里，狐狸会在夜晚吃掉猫头鹰。在闪烁着微弱光芒的屏幕星际中，我一直在虚拟宇宙的绚丽尘埃中制造足迹。我从未想过，就像美杜莎一样，科技也会回以凝视，这种凝视让我毛骨悚然，让我害怕降落，害怕回到地球，那是所有棘手之事发生的地方，那里有收银台和条形码。那里有太多关于利益的词，却没有足够多关于痛苦的词。

"我今天出去散步了，"我母亲说，"我太过不知所措，以至于无法和你分享这个好消息。"

"你从未和我分享过好消息。"

"我不想燃起你的希望。"

"你从未想让我燃起希望。"

"你想了解一下顺路送我回家的卡车司机吗？"

"不，我不想了解任何关于他的事。"

"是她。司机是女的。"

露丝放下她的水杯，朝我走过来。"没有驾照就别开车了，索菲亚。已经是晚上了，你却连车灯也不打开，我担心你的安全。我无法想象你作为司机的样子。"

"是的，"我说，"但你是司机。你是一家之主。你需要开始做一些对你自己有利的事情。"

"我尽量。"

她毫不费力地在我们租住的公寓硬邦邦的绿色沙发上坐下来，就坐在我旁边。"我会试着这么做，但与此同时，我能想象到你在美国完成博士学位的样子。"

　　我又曾想象过她的什么呢？

　　我想象她正穿着一双休闲鞋，脚踝上系着带子。她指着她那块亮闪闪的钻石手表，让我走快一些，这样我们看电影才不会迟到。她订了电影票。是的，她选好了我们的座位。走快点，索菲亚，快一点（她指着她的手表），我不想错过预告片。

　　"还有别的事情，索菲亚。"

　　"戈麦斯已经告诉我了。"

　　"他和你说了什么？"

　　"他退钱了。"

　　"哦，"她说，"他真是一名非常好的医生，他没必要那样做。"

　　她继续说着。一开始我以为她是在说索福克勒斯（Sophocles）。她大约重复了三次索福克勒斯。后来我才意识到她是在说"食管"（Oesophageal）。食管。

　　然后她告诉了我内窥镜检查的结果。

　　很长一段时间过去了。她的黑帮手表嘀嗒作响。海浪被碾碎在沙滩上。

　　我把头靠在她的肩膀上。"这不是真的，妈妈。"

向死亡投降比向生命投降更容易吗?

我转过头去看她。

她任由我盯着她看了很久。她的眼睛是干涸的。

"你的凝视真是大胆,"她说,"但是和你这么近距离看我一样,我也这样近距离地看过你。这是母亲做的事。我们会看着我们的孩子。我们知道我们的凝视是强大的,所以我们假装不看。"

潮汐涌上来,裹挟着漂浮在湍流里的水母。搁浅的水母的卷须像被割下的什么东西,一个胎盘,一顶降落伞,一个与出生地分离的难民。

图书在版编目（CIP）数据

热牛奶 /（英）德博拉·利维著；李燕译 . -- 成都：
四川文艺出版社 , 2022.2
ISBN 978-7-5411-6197-1

Ⅰ . ①热… Ⅱ . ①德… ②李… Ⅲ . ①长篇小说－英
国－现代 Ⅳ . ① I561.45

中国版本图书馆 CIP 数据核字 (2021) 第 220308 号

RE NIUNAI

热牛奶

〔英〕德博拉·利维 著

李燕 译

出 品 人	张庆宁	
责任编辑	邓 敏	
特邀编辑	崔倩倩 柴晶晶	
营销编辑	刘治禹 王 玥	
装帧设计	韩 笑	
内文制作	田小波	

出　　版　四川文艺出版社 (成都市槐树街 2 号)
网　　址　www. scwys.com
电　　话　028 － 86259303（编辑部）
传　　真　028 － 86259306
发　　行　新经典发行有限公司
　　　　　电话 (010) 68423599　邮箱 editor@readinglife.com

印　　刷	河北鹏润印刷有限公司		
成品尺寸	130mm × 203mm	开　　本	32 开
印　　张	9	字　　数	170 千
版　　次	2022 年 2 月第 1 版	印　　次	2022 年 2 月第 1 次印刷
书　　号	ISBN 978-7-5411-6197-1		
定　　价	59.00 元		

著作权合同登记号　图进字：21-2017-520